Francis Durbridge
Paul Temple und der Fall Z.4

(News of Paul Temple)

Originalskript für ein sechsteiliges Hörspiel

aus dem Englischen übersetzt von
Dr. Georg Pagitz

mit einem Vor- und Nachwort des Übersetzers

– Williams & Whiting –

Von Francis Durbridge sind bereits bei Williams & Whiting erschienen (Bandnummer in Klammer):

Coverdesign: Timo Schröder

ISBN 9781915887290
Williams & Whiting (Publishers)
15 Chestnut Grove, Hurstpierpoint,
West Sussex, BN6 9SS, England

News of Paul Temple © 1939 by Francis Durbridge
Deutsche Übersetzung © 2023 by Dr. Georg Pagitz
Vor- und Nachwort © 2023 by Dr. Georg Pagitz

Inhalt

Vorwort

von Dr. Georg Pagitz

Vorliegendes Manuskript zu der sechsteiligen Hörspielserie *News of Paul Temple* entstand 1939 als dritter Teil der Paul-Temple-Reihe und wurde im Winter des gleichen Jahres von der BBC ausgestrahlt.

Francis Durbridge (1912–1998) hatte 1938 einen Riesenerfolg, als er für die BBC den Schriftsteller Paul Temple erfand, der gemeinsam mit seiner Frau Steve und Sir Graham Forbes von Scotland Yard fortan in zahlreichen Hörspielabenteuern, später aber auch als Protagonist in einem Theaterstück, als Held in vier Spielfilmen, in einer langlebigen Comicserie, in Romanen, Kurzgeschichten und in einer Fernsehserie auftrat.

Der Hörspielmehrteiler *Send for Paul Temple* (1938), in dem der Schriftsteller den geheimnisvollen Diamantenfürsten acht Folgen lang jagte, war so erfolgreich, dass noch im gleichen Jahr *Paul Temple and the Front Page Men* (1938) produziert wurde, mit ähnlichem Erfolg.

Martyn C. Webster (1902–1983), der Francis Durbridge entdeckte, beschrieb 1939 das Entstehen von Paul Temple so: »Der Name Paul Temple ist heute Tausenden von Hörern auf den britischen Inseln, in Australien, Neuseeland und Holland, wo die Radioserien ausgestrahlt wurden, ein Begriff. Ich kann mich noch sehr gut an jenen Nachmittag erinnern, als Francis Durbridge und ich uns den Kopf darüber zerbrachen, eine neue Sendung zu erfinden, die Zuhörer begeistern würde. Jede Idee, die wir hatten, schien schon es schon einmal gegeben zu haben und wir waren schon ziemlich verzweifelt. Dann hatte einer von uns – ich weiß nicht mehr, wer – einen Geistesblitz. Wir riefen in mehreren Bibliotheken und Buchhandlungen an und fragten, welche Art von Büchern am meisten gefragt sei, und die Antwort lautete ausnahmslos: »Krimis und Thriller«. Damit war die Sache klar. Wenn es das war, was die Leute wollten, dann lag es an uns, etwas in dieser Richtung zu tun. Also ging Francis Durbridge nach Hause, um die Nacht zum Tag zu machen. Eine Woche später kehrte er mit einem Exposé der ersten Folge eines Krimis zurück – oder vielmehr, wie er es formulierte, einer Kriminalserie, die in acht wöchentlichen Folgen von je fünfundzwanzig Minuten ausgestrahlt werden sollte. Er sagte, er wolle die Hörer eher fesseln, verwirren und neugierig machen als ihnen Nervenkitzel zu bereiten. Mit seinem Exposé hat er mich damals auf jeden Fall neugierig gemacht. Eine Sache fehlte jedoch noch – der Name des neuen Radioermittlers. Francis hatte eine lange Liste mit möglichen Namen, aber irgendwie klangen sie nicht richtig oder erinnerten an Simon Templar oder Lord Peter Wimsey. Also haben wir es vorerst gelassen. Ein paar Nächte später klingelte das Telefon – um ein Uhr morgens, um genau zu sein. Es war Francis Durbridge. »Was hältst du von Paul Temple als Namen für unseren Freund?«, fragte er. Ausgezeichnet. So wurde Paul Temple ins Leben gerufen«. (Aufzeichnungen belegen übrigens, dass Durbridge ursprünglich den Namen Mark Conway in Erwägung gezogen hatte.)

Als das vorliegende Manuskript verfasst wurde, stand Europa kurz vor dem Zweiten Weltkrieg. Durbridge selbst, der das Reisen auf den Kontinent liebte, stand in diesem Jahr davor, nach Berlin zu fahren, verwarf diese Idee allerdings angesichts der gefährlichen Lage.

In *News of Paul Temple / Paul Temple und der Fall Z.4* bedient sich der Autor erstmals eines Themas, das er später immer wieder gerne verwendete: Jenes der Spionage und eines geheimnisvollen Spionagerings, an dessen Spitze ein Unbekannter steht. Dies ermöglichte ihm, jede Figur aus der Handlung als Täter zu entlarven, da das Tatmotiv nicht persönlichen Ursprungs war. Während in späteren Werken Spionage hauptsächlich vor dem Hintergrund des Kalten Krieges das Thema war, ist es hier der Zweite Weltkrieg. Es geht um einen Wissenschaftler, der einen Schutzschirm entwickelt hat, der in jenen Jahren für jede (Kriegs)partei von großem Nutzen gewesen wäre. Z.4, der Anführer der Organisation, den niemand kennt, will diesen an den Meistbietenden verkaufen. Da selbst die Mitglieder des Spionagerings den geheimnisvollen Unbekannten nie zu Gesicht bekommen, können Sie ihn nur an einem Shakespeare-Zitat erkennen. Dieses stammt aus *The Tempest / Der Sturm* (Akt 3, Szene 3).

Durbridges Einnahmenbuch verrät, dass Durbridge für jede Folge 34 Pfund erhielt – immer dann, wenn er das jeweilige Manuskript für die Episode abgeliefert hatte. Am 12. März 1940 erhielt er 20 Pfund für die niederländischen Radiorechte. Die holländische Adaption, die ab 14. April 1940 ausgestrahlt wurde, ist insofern für das Überleben des Durbridge-Radiomanuskripts wichtig, als dass weder von der BBC-Fassung, noch von der holländischen Variante eine Aufzeichnung der Produktion existiert. Das Originalmanuskript von Durbridge ist nur fragmentartig erhalten. Da aber infolge des Zweiten Weltkriegs, der in den Niederlanden am 10. Mai 1940 begann, nur vier von sechs Folgen der holländischen Version – die wie die englische live produziert wurde – ausgestrahlt werden konnten, wurde das komplette niederländische Manuskript in wöchentlichen Abständen in einer Rundfunkzeitung veröffentlicht. So konnten die Hörerinnen und Hörer nachlesen, wie die Geschichte um Z.4 ausging.

Diese niederländische Variante diente gemeinsam mit dem unvollständig überlieferten englischen Originaltext und der Romanfassung des Hörspiels zur Rekonstruktion des kompletten englischen Hörspielskripts, das Sie hier erstmals in der deutschen Übersetzung lesen können.

Was das Hörspiel betrifft, so gab es bisher keine deutsche Version. Die englische wurde zwischen dem 13. November 1939 und dem 18. Dezember 1939 in sechs Episoden von der

BBC ausgestrahlt. Am 5. Juli 1944 sendete die BBC eine kürzere einteilige Version, die Durbridge selbst verfasste. Die niederländische Variante hieß *Paul Temple en het Z-4 mysterie*. Neben der unvollständigen Version von 1940, wurde in Holland 1946 eine rund zweieinhalbstündige Variante produziert. 2009 gab es zwei Remakes des Stoffs.

Im Mai 1940 erschien im Londoner John-Long-Verlag mit *News of Paul Temple* auch die gleichnamige Romanfassung, die Durbridge gemeinsam mit seinem Co-Autor Charles Hatton verfasste und die – bis auf wenige Ausnahmen (einige zusätzliche Szenen) – dem Hörspieltext wortwörtlich in den Dialogen folgt. Dieser Roman wurde 2006 unter dem Titel *Paul Temple und der Fall Z* erstmals auf Deutsch veröffentlicht. Weitere Sprachen, in denen das Buch erschien, waren Französisch (*Le tragique rayon d'Inverdale*), Italienisch (*Ritorna Paul Temple*), Niederländisch (*Paul Vlaanderen en het Z mysterie*) Schwedisch (*Dags för Paul Temple*) und Finnisch (*Mitä uutta, Paul Temple?*)

Schließlich wurde der Stoff auch verfilmt – wenngleich mit teils drastischen Änderungen in der Handlung und einer komplett neuen Auflösung. Der Kinofilm *Paul Temple's Triumph / Paul Temple – Jagd auf »Z«* entstand 1950 als drittes von vier Leinwandabenteuern des schreibenden Detektivs. Die Tonspur zu diesem Film wurde 2023 von HNYWOOD als Filmhörspiel *Paul Temple – Jagd auf »Z«* für Pidax bearbeitet.

Informationen zu all den Produktionen und Auswertungen finden Sie im Nachwort zu diesem Buch.

Es sei hier außerdem noch erwähnt, dass die Abkürzung »Z.4« von Durbridge in einem anderen Zusammenhang nochmals verwendet wurde, nämlich in seinem Theaterstück *Sweet Revenge / Stich ins Herz,* in dem es um ein Medikament ging, das *Zaradin 4* (in der deutschen Fassung) bzw. *Zarabell 4* (in der überarbeiteten englischen Fassung) hieß.

Bevor Sie nun die Lektüre des Manuskripts beginnen, kehren wir nochmals zu Martyn C. Webster (1902–1983) zurück, dem Produzenten und Regisseur des Originalhörspiels, und lassen ihn zunächst noch einmal über Paul Temples Debüt zu Wort kommen: »Ich glaube nicht, dass es mir jemals so viel Spaß gemacht hat, eine Sendung zu produzieren. Ich hatte ein ausgezeichnetes Manuskript, einen hilfsbereiten und sympathischen Autor und eine großartige Besetzung, mit der ich zusammenarbeiten konnte, und wenn es jemals einen Teamgeist gab, dann hatten wir ihn bei dieser Produktion. – Um ihre Spannung aufrechtzuerhalten, gab ich den Darstellern das Skript jeder Episode erst während der jeweiligen Proben für die Aufnahmen. Folglich hatten sie überhaupt keine Ahnung, wer der Täter war. Und es war für Francis Durbridge und mich sehr anregend, ihre Reaktionen während der ersten Lesung jeder Folge zu beobachten. Sie schlossen Wetten ab, wer von ihnen der Täter sei, und erst bei der ersten Probe der letzten Folge war ihre Neugierde befriedigt. – Ja, wir haben unseren Paul Temple genossen. Und ich glaube, viele Hörer auch, denn nach unserer ersten Folge erhielten wir 7.500 begeisterte Briefe.«

Über *News of Paul Temple* ergänzte Webster: »Es ist ein sehr angenehmer Gedanke für mich, dass ich eine weitere Serie mit dem Titel *News of Paul Temple* machen werde, die am 13. November beginnt. Aber ich werde Ihnen nichts darüber verraten! Außer, dass mindestens zwei der Originale – Paul Temple und Steve – wieder mit dabei sein werden. – Der 13. November! Ich habe es gerade erst bemerkt! Dem Himmel sei Dank, dass es kein Freitag ist!«

Spannende Lektüre!

Francis Durbridge
Paul Temple und der Fall Z.4

Die handelnden Personen

PAUL TEMPLE	Kriminalschriftsteller
STEVE TEMPLE	seine Frau
SIR GRAHAM FORBES	Chefkommissar bei Scotland Yard
PRYCE	Diener der Temples
REX BRYANT	Reporter bei der *London Evening Post*
DR. LUDWIG STEINER	Professor für Philosophie
IRIS ARCHER	Schauspielerin
MRS. MOFFATT	Besitzerin eines kleinen Ladens
MOLLY WESTON	Besitzerin des Gasthofs *The Royal Gate*
ERNIE WESTON	ihr Ehemann, Wirt im *The Royal Gate*
DAVID LINDSAY	ein junger Mann
LAURENCE VAN DRAPER	Philatelist
MAJOR GUEST	Soldat
BEN COLLINS	Hausverwalter in Skerry Lodge
KRIMINALINSPEKTOR FULLER	Polizeibeamter
COSGROVE	Redakteur der *London Evening Post*
ALEC	Hausdiener im *The Royal Gate*
EINE KELLNERIN	Angestellte in einem Café
EIN REZEPTIONIST	Empfangschef im Shepley-Hotel
EIN KOFFERTRÄGER	Angestellter im Shepley-Hotel
JOHN HARDWICK	Forschungsträger [tritt nicht auf]

Die Handlung spielt in London und Schottland im Jahr 1938.

Episode 1
Die Bühne wird bereitet

AUFBLENDEN.

Büro der *Evening Post.*

Wir hören das Geräusch einer Schreibmaschine, die Stimme des Redakteurs COSGROVE *ertönt.*

COSGROVE: (*Aufgeregt*) Bryant! Wo zum Teufel ist Bryant?

REX BRYANT kommt herein und summt in aller Ruhe ein Lied.

BRYANT: Höre ich da meinen Namen rufen?

COSGROVE: Hören Sie auf, Scherze zu machen und schließen Sie die Tür.

Die Tür schließt sich.

COSGROVE: Sie hätten schon vor Stunden hier sein sollen. Wo zum Teufel haben Sie gesteckt?

BRYANT: Ich war im Kino. Es war großartig! Es ging um eine Zeitung. Der Redakteur bekam den Knüller. Der Reporter bekam das Mädchen. Und das Mädchen bekam ein Baby.

COSGROVE: Wenn Sie nicht gleich Ihre Beine in die Hände nehmen, werden Sie entlassen! Fahren Sie sofort nach Southampton und berichten Sie über den *Golden Clipper*!

BRYANT: Hören, Sie, Chef, das ist lächerlich. Ich habe es satt, Filmstars beim Aussteigen aus dem Flugzeug zu interviewen.

COSGROVE: Ich bitte Sie nicht darum, Filmstars zu interviewen. Sie haben wohl noch nie etwas vom *Golden Clipper* gehört, was?

BRYANT: Selbstverständlich habe ich das! Von New

York nach Southampton in sechzehn Stunden. Ein netter, einfacher Flug. Wo ist da die Story?

COSGROVE: (*Sarkastisch*) Ich nehme an, Sie wissen nicht zufällig, wer mit dem *Clipper* unterwegs ist?

BRYANT: Die »Fünflinge«.

COSGROVE: Nein, nicht die Fünflinge. Nur Paul Temple. Mr. und Mrs. Paul Temple, um genau zu sein.

BRYANT: Paul Temple!!! Sind Sie sich da sicher?

COSGROVE: Natürlich bin ich mir sicher. Es stand gestern Abend im *Standard*.

BRYANT: Das gibt's doch nicht!

COSGROVE: Könnten Sie versuchen, etwas weniger dusselig zu wirken, wenn Sie in Southampton ankommen? Wenn Sie das nicht können, werden Sie definitiv gefeuert. Wir haben seit Wochen auf diese Geschichte gewartet! Finden Sie heraus, warum Paul Temple aus New York zurückkommt.

BRYANT: Aber jeder weiß doch, warum Temple wieder auf dem Heimweg ist.

COSGROVE: Warum?

BRYANT: Man hat hier sein neues Stück geprobt. Es soll in vierzehn Tagen aufgeführt werden.

COSGROVE: Das ist doch ein alter Hut! Iris Archer spielt die Hauptrolle und das Stück heißt *Die Schlossherrin von Shetland*.

BRYANT: Ja. Nur aus irgendeinem Grund wird Iris Archer die Rolle nicht spielen.

COSGROVE: (*Überrascht, entsetzt*) Was? Warum nicht? Was ist los mit Iris Archer? Warum spielt sie die Rolle nicht?

BRYANT: Ich weiß es nicht. Gibson hat sich gestern Abend mit ihr unterhalten … Aber sie wollte nicht viel darüber sagen. Es war nur jede

Menge allgemeines Gerede, dass die Rolle für sie ungeeignet sei und so weiter.

COSGROVE: (*Befehlston*) Fahren Sie nach Southampton und hören Sie sich an, was Temple dazu zu sagen hat.

BRYANT: Ich würde mir viel lieber den neuen Film im *The Empire* ansehen. Darin geht es um einen Redakteur, der sich vergaloppiert hat …

COSGROVE: (*Mit zusammengebissenen Zähnen*) Fahren Sie nach Southampton oder nicht …?

BRYANT: Okay, Chefchen! Ist ja schon gut! Ich fahre ja schon!

AUSBLENDEN.

AUFBLENDEN.

Bahnhofsrestaurant.

Wir hören im Hintergrund Geräusche aus dem Restaurant.

STEVE: Wie läuft es bei der Zeitung, Rex?

BRYANT: In letzter Zeit nicht so gut. Es ist die falsche Jahreszeit.

TEMPLE: Es ist immer die falsche Jahreszeit …

BRYANT: Sie schicken uns hinter allen möglichen Geschichten her, die dann auf vier Zeilen auf Seite acht heruntergekürzt werden. (*Zum BARKEEPER*) Barkeeper! Bitte noch einen Whisky!

STEVE: Was genau machen Sie hier in Southampton, Rex?

BRYANT: Um ganz offen zu sein, ich bin hierher gekommen, um Ihren entzückenden Mann zu treffen.

TEMPLE: Es muss wirklich schlecht um Nachrichten stehen, wenn man sich für mich interessiert. Worum soll es denn gehen?

BRYANT: Zum einen um Ihr neues Stück. Wäre schön,

wenn Sie mir alles darüber berichten. Seien Sie kein Spielverderber, Temple! Ein wenig Werbung kann dem Stück nicht schaden, oder?

TEMPLE: Bei Timothy, ihr Zeitungsleute müsst ja ganz schön um Nachrichten verlegen sein …

STEVE: Wirklich, Rex, da gibt es nichts zu erzählen … Wenn es dahinter eine Geschichte gäbe, könnten Sie sie sofort haben, nicht wahr, Darling?

TEMPLE: Sofort! Ohne auch nur ein Wort zu verschweigen!

STEVE: Aber hat Iris Archer nicht auf ihre Rolle verzichtet?

TEMPLE greift in seine Jackentasche und holt ein Telegramm heraus.

TEMPLE: Alles, was ich darüber weiß, können Sie in diesem Telegramm lesen. Ich habe es erhalten, kurz bevor wir New York verlassen haben.

BRYANT: (*Liest*) »Es tut mir schrecklich leid, dass ich Lady Seaton nicht spielen kann. Stopp. Ich erkläre es später. Stopp. Alles Liebe, Iris. Punkt.«

TEMPLE: Ein ziemlich großer Punkt …

BRYANT: Aber ich dachte, Sie hätten das Stück speziell für Iris Archer geschrieben?

TEMPLE: Ja, das habe ich auch.

BRYANT: Aber dann ist es doch ziemlich seltsam, dass …

TEMPLE: Das ist wirklich alles, was ich weiß. Bitte fragen Sie mich nicht weiter, Rex.

BRYANT: (*Verzweifelt*) Aber sehen Sie doch, Temple, ich muss eine Geschichte für die Zeitung haben. Ohne sie kann ich nicht zurückkommen.

STEVE:	Wäre es dann nicht besser, Sylvia Larone abzufangen, bevor sie den Zug erreicht? Sie war auch im Flugzeug. Sie könnten sie fragen, was sie wirklich von Hollywood hält.
BRYANT:	(*Hartnäckig, zu* TEMPLE) … dann sagen Sie mir wenigstens, was Ihre Pläne für die Zukunft sind …
TEMPLE:	Wir werden für drei Wochen nach Schottland fahren.
STEVE:	Du meinst Südfrankreich, Darling …
TEMPLE:	(*Entschlossen*) Nein, Schottland.
STEVE:	(*Ebenso entschlossen*) Nein, Südfrankreich.
TEMPLE:	(*Kess*) Schottland!
BRYANT:	Okay, okay! Was meinen Artikel betrifft, so schreibe ich Schottland *und* Südfrankreich. Und was dann?
TEMPLE:	Mal sehen, bis Weihnachten sollte ich einen neuen Roman fertig haben. Aber ob …
STEVE:	Es tut uns leid, aber es gibt wirklich nichts Interessantes aus uns herauszupressen, Rex. Gar nichts! (*Sie schnippt mit den Fingern*) Es ist überhaupt nichts passiert.
BRYANT:	In Ordnung, ich habe verstanden. Aber erzählen Sie mir etwas über die Reise – über Ihre persönlichen Eindrücke und all die anderen Sachen. Hatten Sie eine gute Zeit? Wer war noch an Bord? Haben Sie doch ein Herz, ich muss ein paar Spalten abliefern, sonst bringen sie mich um.

TEMPLE lacht.

TEMPLE:	Ah! Da kommt Dr. Steiner, er wird Ihnen alles über die Reise erzählen, nicht wahr, Doktor?

DR. LUDWIG STEINER kommt näher. Er ist Österreicher und 57 Jahre alt.

DR. STEINER:	Kommt der Zug bald, Mr. Temple?

TEMPLE: Aber ja! Er sollte jeden Augenblick kommen. Meine Frau und ich müssen uns dann leider von Ihnen verabschieden. Wir fahren mit dem Wagen weiter.

DR. STEINER: (*Seufzt*) Ach, wie traurig, dass wir uns verabschieden müssen. Was für eine herrliche Reise und was für interessante neue Eindrücke und Erfahrungen! Kann man sich denn mehr wünschen? Sehen Sie sich nur die Blume in meinem Knopfloch an – die Nelke ist noch ganz frisch und blüht! Und dass, wo ich sie doch schon in New York gekauft habe!

BRYANT: (*Mischt sich ein*) Hätten Sie etwas dagegen, mir ein kleines Interview zu geben, Sir. War das Ihre erste Reise über den Atlantik?

TEMPLE: (*Zu DR. STEINER*) Ich hätte Sie vorwarnen sollen, Doktor. Mr. Bryant hier ist von der *London Evening Post*, einer unserer angesehensten Zeitungen.

DR. STEINER: (*Zu BRYANT*) Sie sind also Reporter? Dieses England wird jeden Tag mehr wie New York. Nein, junger Mann, das war nicht meine erste Reise. Ich war schon viele Male hier.

BRYANT: Haben Sie die Absicht, außer England noch andere europäische Länder zu besuchen, Herr Doktor?

DR. STEINER: (*Leise*) Ich weiß es noch nicht. Das werde ich erst später entscheiden.

BRYANT: Hmm. Ich fürchte ich habe Ihren Namen nicht ganz verstanden, Sir.

DR. STEINER: Mein Name ist Steiner, Dr. Ludwig Steiner, Professor für Philosophie an der Universität von Philadelphia.

BRYANT: Warum kommen Sie nach Europa, Herr Doktor? Haben Sie Interesse an Politik oder …?

DR. STEINER: (*Unterbricht BRYANT*) Ich bin hier im Urlaub, mein Freund! Nur ein Urlaub.

ÜBERBLENDEN.
Paul Temples Wohnung.
Der vorige Dialog wird ausgeblendet. Überblendung zum Geräusch einer sich öffnenden Tür.
PRYCE: Miss Archer ist hier, um Sie zu sehen, Sir.
TEMPLE: Bringen Sie sie bitte herein, Pryce.
Eine kurze Pause, dann tritt IRIS ARCHER ein. Sie ist attraktiv und hat eine geheimnisvolle Ausstrahlung. Sie verhält sich eher gefühlsbetont.
IRIS: (*Zu TEMPLE*) Schätzchen, wie schön, dich wiederzusehen!
TEMPLE: Hallo, Iris!
STEVE: Komm herein, Iris!
IRIS: (*Zu STEVE*) Steve, meine Liebe, du siehst großartig aus! (*Zu TEMPLE*) Sieht sie nicht fabelhaft aus, Paul? Komm schon, erzähl mir von eurer Reise. Ich kann es kaum erwarten, alles darüber zu erfahren. (*Zu STEVE*) Hattest du in diesem Flugzeug über dem Wasser keine Angst?
STEVE: Ein wenig schon.
IRIS: Oh, Steve, das hätte ich keine fünf Minuten ausgehalten, ich wäre wie versteinert gewesen. Allein der Gedanke an all das Wasser lässt mich vor Angst zittern.
TEMPLE: (*Ruhig*) Du siehst sehr gut aus, Iris!
IRIS: Das täuscht, Schätzchen. Manchmal fühle ich mich schrecklich.
STEVE: Willst du deinen Mantel nicht ausziehen, Iris?
IRIS: Nein, das brauche ich nicht. Ich fürchte, ich kann nicht sehr lange bleiben, meine Lieben.
TEMPLE: Ich hoffe, du hast Zeit für einen Cocktail?

IRIS:	Ja. Doch, ich würde gerne etwas trinken.
TEMPLE:	Deinen Lieblingsdrink?
IRIS:	Du erinnerst dich noch daran? Bitte, Schätzchen! (*Zu STEVE*) Ist er nicht perfekt, Steve? Du weißt gar nicht, was für ein Glück du hast!

STEVE lacht. TEMPLE mischt die Getränke und schenkt sie ein.

IRIS:	Paul, hast du mein Telegramm erhalten?
TEMPLE:	Ja. Ich habe es kurz vor unserem Abflug aus New York bekommen. Man hat es mir gegeben, als wir gerade das Flugzeuge bestiegen.
IRIS:	Warst du … warst du … überrascht?
TEMPLE:	Ehrlich gesagt: Ja … (*Kurze Pause*) Iris, meinst du das ernst?
IRIS:	(*Verbissen*) Ich glaube nicht, dass ich jemals zuvor in meinem Leben etwas so ernst gemeint habe.
STEVE:	(*Verwirrt*) Aber warum? Was ist denn los? Ist Seaman wegen irgendetwas böse gewesen?
IRIS:	Nein, nein, das ist es nicht. Oh nein, er ist ein großartiger Regisseur.
TEMPLE:	(*Kommt mit dem Cocktail*) So, bitte schön, Iris. Hier ist dein Drink.
IRIS:	Danke, Schätzchen.
TEMPLE:	(*Gibt STEVE ihren Drink*) Steve …
STEVE:	(*Nimmt das Glas*) Vielen Dank.
TEMPLE:	Na dann: Prost!

Alle trinken.

TEMPLE:	Ist es das Geld? Ist das das Problem? Ich dachte, wir hätten dir einen großartigen Vertrag angeboten. Immerhin haben wir dich für diesen Filmvertrag freigegeben.
IRIS:	(*Ohne Überzeugung*) Es tut mir leid, Paul, aber ich bin eine üble Fehlbesetzung.
TEMPLE:	(*Überrascht, lacht*) Ach was, Iris, das ist doch lächerlich! Du hast selbst gesagt, dass die Rol-

le wie maßgeschneidert für dich ist.

IRIS: (*Leise*) Das … das war vor sechs Wochen, als ich das sagte.

STEVE: Fühlst du dich nicht gut, Iris?

IRIS: Na ja … ehrlich gesagt … nicht so sehr, Schätzchen.

TEMPLE: Was wirst du stattdessen tun? Einen Film drehen?

IRIS: Nein. Ich werde – tja, ich werde für ein oder zwei Monate nach Südfrankreich gehen. Wenn ich zurückkomme, … dann … Vielleicht arbeite ich dann wieder. Ich weiß es nicht – noch nicht.

TEMPLE: Reist du allein?

IRIS: Ja ... Ganz allein …

STEVE: Wo an der Riviera wirst du wohnen? Paul und ich denken darüber nach …

IRIS: Oh, in einem kleinen Dorf, in der Nähe von Saint Maxim … Es ist sehr ruhig. Kaum jemand kennt es.

TEMPLE: Tja, das alles tut mir sehr leid.

IRIS: Das ist sehr nett von dir.

TEMPLE: Ich nehme an, die Möglichkeit besteht nicht, dass du es dir nochmals anders überlegst, Iris? Was das Stück angeht, meine ich.

IRIS: Nein … nein … Ich fürchte, diese Möglichkeit besteht nicht, Schätzchen.

TEMPLE: Iris, stört es dich, wenn ich dir etwas ganz offen sage?

IRIS: Oh, überhaupt nicht, Paul. Nein, natürlich nicht. Vorausgesetzt natürlich, dass du nicht zu aufrichtig wirst …

STEVE lacht.

TEMPLE: Vor sechs Monaten schriebst du mir einen Brief über das Stück. Du sagtest darin, dass du es gut geschrieben fandest. Es sei sehr amüsant und die Rolle der Lady Seaton sei die beste Rolle, die dir seit vielen Jahren angeboten wurde.

IRIS: Ja, das stimmt. Ich erinnere mich genau an den Brief. Und ich habe es ernst gemeint, Paul. Jedes Wort davon. Wirklich, ich war ganz aufrichtig.

TEMPLE: Ja. Ja, ich weiß, dass du ehrlich warst. *Davon* bin ich überzeugt.

IRIS: Was soll das heißen?

TEMPLE: Iris, warum gibst du die Rolle ab? Es liegt doch nicht daran, dass dir das Stück nicht mehr gefällt. Ich kenne dich gut genug, um zu wissen, dass du es dir nicht anders überlegt hast. Es ist nicht, weil die Rolle nicht zu dir passt. Du hast einen anderen, triftigeren Grund, nicht wahr?

IRIS: Ja, aber … aber … es hat wirklich keinen Sinn, mich zu fragen, was der Grund ist, denn ich kann es dir nicht sagen.

TEMPLE: Wie wäre es, wenn wir die Aufführung des Stücks um ein paar Monate verschieben? Wäre dir das recht?

IRIS: Du meinst, ich könnte Lady Seaton immer noch spielen, wenn man die Rolle für mich – sagen wir mal bis kurz vor Weihnachten – freihalten würde?

TEMPLE: Genau das meine ich.

IRIS: Aber Paul, so eine Entscheidung kannst du doch gar nicht treffen – jedenfalls nicht allein!

TEMPLE: Du hast meine Frage nicht beantwortet.

IRIS: Oh, das würde ich sehr gerne Paul … diese Rolle spielen zu können! Es ist ein schönes Stück und eine wunderbare Rolle für mich, aber …

TEMPLE: (*Unterbricht IRIS*) Aber was, Iris? … Was heißt hier »aber«?

IRIS: … aber ich kann zwischen jetzt und dem zehnten November nicht.

TEMPLE: In Ordnung, dann ist das geklärt. Ich werde heute Abend an Seaman schreiben.

IRIS: (*Erfreut*) Paul, du bist ein echter Schatz! Allein die Vorstellung, die Rolle der Lady Seaton aufgeben zu müssen, hat mir fast das Herz gebrochen.

STEVE: (*Lacht*) Nur zu, küss ihn, Iris.

IRIS: Du weißt gar nicht, welcher Stein mir von der Seele fällt, Paul. Jetzt muss ich wirklich weiter!

STEVE: Wann reist du ab?

IRIS: Am Samstag.

TEMPLE: Dann kann ich also Seaman schreiben und ihm sagen, dass du vor Ende November wieder in der Stadt sein wirst?

IRIS: Nicht einen Tag später als am siebzehnten November, Schätzchen! Versprochen!

TEMPLE: Gut. Dann pass auf dich auf, Iris. Ich will nicht, dass meiner Hauptdarstellerin irgendetwas passiert!

IRIS: (*Fröhlich*) Das werde ich. Das verspreche ich dir!

Die Tür wird geöffnet. PRYCE tritt ein.

PRYCE: Sir Graham Forbes ist hier, um Sie zu sehen, Sir.

TEMPLE: (*Überrascht*) Sir Graham Forbes?

PRYCE: Ja, Sir.

STEVE: (*Bestürzt, Unheil ahnend*) Paul!

TEMPLE: (*Lacht*) Es ist alles in Ordnung, Liebling. Da gibt es nichts – absolut nichts –, worüber du

	dich aufregen müsstest.
IRIS:	Sir Graham Forbes … hat er nicht etwas mit Scotland Yard zu tun oder so?
TEMPLE:	(*Amüsiert*) Er *ist* Scotland Yard persönlich! (*Zu PRYCE*) Pryce, würden Sie bitte Miss Archer zu ihrem Wagen begleiten?
PRYCE:	Jawohl, Sir.
TEMPLE:	Dann können Sie Sir Graham hereinbitten.
PRYCE:	Sehr wohl, Sir. (*Zu IRIS*) Diese Tür, Miss, wenn ich bitten darf.
IRIS:	Also – Wiedersehen, Paul! Und danke nochmals für dein Verständnis. Du bist ein Schatz! Das bist du wirklich! Auf Wiedersehen, Steve, bis bald!
STEVE:	Wiedersehen, Iris, pass auf dich auf!
TEMPLE:	Wiedersehen, Iris, gute Reise! Ich werde Seaman heute Abend schreiben.
IRIS:	Mach das! Bis bald allerseits!

PRYCE geht gefolgt von IRIS aus dem Raum. Die Tür wird geschlossen.

| STEVE: | (*Genervt*) Paul, wenn Sir Graham hier ist, weil er deine Hilfe braucht, dann bitte … |

Die Tür öffnet sich plötzlich und SIR GRAHAM FORBES tritt ein.

FORBES:	(*Tritt leise ein*) Sir Graham ist hier, weil er einen Cocktail braucht. Einen sehr starken Cocktail. Und sonst nichts, Mrs. Temple!
STEVE:	(*Überrascht*) Oh, Sir Graham!
TEMPLE:	(*Lacht*) Kommen Sie herein, Sir Graham. Schön, Sie wiederzusehen.
STEVE:	Hat denn Pryce nicht …
FORBES:	(*Unterbricht*) Ja, Pryce wollte mich unbedingt ankündigen. Aber er schien alle Hände voll zu tun zu haben mit dieser Blondine.
TEMPLE:	Das war Iris Archer. Sie haben wahrscheinlich schon von ihr gehört.

FORBES:	Iris Archer! Sie sieht außerordentlich gut aus, nicht wahr?
TEMPLE:	Ja, das tut sie! Was möchten Sie trinken, Sir Graham? Sherry, Bronx, Sidecar?
FORBES:	Ich hätte gerne einen Bronx, wenn es Ihnen nichts ausmacht, Temple.
TEMPLE:	Einen Bronx, ausgezeichnet.

TEMPLE mischt weitere Getränke und schenkt sie dann ein.

FORBES:	Wie war die Reise, Temple? Ich war ein bisschen schockiert, als ich hörte, dass Sie mit diesem Langstreckenflugzeug herüberkommen.
STEVE:	Oh, es war wunderbar, Sir Graham! Wir haben jede Minute davon genossen, nicht wahr, Darling?
TEMPLE:	Jede Minute! Hier ist Ihr Cocktail, Sir Graham.
FORBES:	Danke sehr!
STEVE:	Ich nehme einen Sherry, Schatz.
TEMPLE:	Einen Sherry – kommt sofort!
FORBES:	Wird diese Iris … wie heißt sie noch mal?
TEMPLE:	Sie meinen Iris Archer?
FORBES:	Richtig. Wird sie nicht in einem Stück von Ihnen spielen? Ich meine mich zu erinnern, etwas darüber gelesen zu haben.
TEMPLE:	Tja, sie sollte in einem Stück von mir spielen. Jetzt scheinen die Dinge ein wenig ungewiss zu sein.
FORBES:	Oh, das ist schade.
TEMPLE:	(*Gibt STEVE ihren Drink*) Hier ist dein Sherry, Liebling.
STEVE:	(*Nimmt das Glas*) Vielen Dank, Paul.
TEMPLE:	Und was macht Scotland Yard im Augenblick, Sir Graham?
FORBES:	Nun, im Moment haben wir es mit einer der

	größten kriminellen Organisationen zu tun …
STEVE:	(*Gereizt*) Was?!?
FORBES:	(*Amüsiert*) Oh je, was habe ich da bloß gesagt … Dieser Blick auf Ihrem Gesicht, Steve!
TEMPLE:	Sir Graham nimmt dich nur auf den Arm, Liebling. Sei unbesorgt.
STEVE:	Sie sind böse, Sir Graham!
FORBES:	(*Lacht über seinen gelungenen Scherz*) Ehrlich gesagt, Temple, passiert im Augenblick so gut wie nichts, schon seit Monaten nichts. Ein paar vereinzelte Morde, aber nichts wirklich Großes seit dem Fall mit den Schlagzeilenmännern. Und ich kann nicht gerade sagen, dass mir das leid tut. (*Er trinkt seinen Drink aus*) Jetzt muss ich aber weiter! Ich bin nur vorbeigekommen, um die Heimgekehrten zu begrüßen.
TEMPLE:	Wir fahren in ein oder zwei Tagen wieder fort, aber wenn wir zurückkommen, müssen Sie mal zum Abendessen vorbeikommen und dann …
FORBES:	Ich verreise auch für etwa einen Monat. Das ist der erste Urlaub den ich seit fast sechs Jahren mache.
TEMPLE:	Tatsächlich? Wohin geht es denn?
FORBES:	Carol hat eine Villa in der Nähe von Nizza gemietet.
STEVE:	Nizza?
FORBES:	Ja. Sie beide reisen nicht zufällig auch nach Südfrankreich, oder?
TEMPLE:	(*Amüsiert*) Seltsamerweise, Sir Graham, …
STEVE:	(*Unterbricht TEMPLE*) … reisen wir nach Schottland!
TEMPLE:	(*Erstaunt*) Nach Schottland?
STEVE:	(*Süß*) Du wolltest doch nach Schottland, oder,

28

	Darling?
TEMPLE:	Was? Äh – ja. Ja, natürlich.
STEVE:	Dann wäre das geregelt.
TEMPLE:	(*Überrascht*) Aber ich …
FORBES:	(*Lacht*) Nach Schottland oder Südfrankreich … Es ist egal, Temple, wohin Sie reisen, solange Sie aufpassen, nicht in irgendwelche zwielichtigen Geschäfte verwickelt zu werden, die aufgedeckt werden müssen.
STEVE:	Dazu wird er keine Gelegenheit haben. Das ist genau der Grund, warum wir nach Schottland fahren. Dort passiert nie etwas Kriminelles.

Alle lachen.

AUSBLENDEN.

AUFBLENDEN.

<u>Eine Landstraße in Schottland.</u>

Wir hören das Geräusch von Temples Wagen, der mit mäßiger Geschwindigkeit fährt. Das Wetter ist sehr schlecht, es blitzt, donnert und regnet in Strömen.

STEVE erschrickt sich bei einem heftigen Donnerschlag.

STEVE:	(*Erschrocken*) Oh Paul!
TEMPLE:	Mach dir keine Sorgen, Liebling. Das war nur ein Donnerschlag.
STEVE:	Der Regen scheint schlimmer zu werden.
TEMPLE:	Ja, der Himmel über uns ist immer noch ziemlich dunkel.

Man hört einen weiteren Donnerschlag.

STEVE:	In dieser Richtung ist es nicht ganz so dunkel. Es wird schon heller. Die Blitze werden auch weniger.
TEMPLE:	Vielleicht. (*Pause*) Mein Gott, diese Straße ist schrecklich. Sie ist voll von Schlaglöchern! Jetzt fehlt nur noch eine Reifenpanne, dann haben wir den Salat!

STEVE:	Wie weit sind wir jetzt noch von Inverdale entfernt?
TEMPLE:	Langsam zweifle ich ernsthaft daran, dass es in Schottland überhaupt einen solchen Ort gibt.
STEVE:	Es muss ihn aber geben, Darling. Er steht auf der Karte.
TEMPLE:	Aber das ist eine sehr alte Karte, Steve. (*Er lacht*) He, was ist denn das?
STEVE:	Sieht aus wie ein Dorf.
TEMPLE:	Na hoffentlich ist das nicht Inverdale.
STEVE:	Das kann auch nicht sein, Darling. Hier gibt es nichts außer Cottages.

Der Wagen wird langsamer. Das Unwetter lässt nach.

TEMPLE:	Wenigstens scheint der Sturm jetzt vorbei zu sein.
STEVE:	Gott sei Dank! Trotzdem würde ich gerne wissen, wo wir eigentlich sind.
TEMPLE:	Ja. Das müssen wir zuerst wissen, denn es hat keinen Sinn, weiterzufahren, wenn wir auf der falschen Straße sind.
STEVE:	Lass mich noch einmal einen Blick auf die Karte werfen.

TEMPLE hält den Wagen an.

STEVE:	Wie spät ist es, Darling?
TEMPLE:	Es ist gerade mal halb sieben. So lange, wie wir schon unterwegs sind, müsste es eigentlich schon erheblich später sein.
STEVE:	Sieh mal, Paul, das hier ist die Straße, die wir von Edinburgh aus genommen haben. Wir müssen inzwischen zweihundert Meilen zurückgelegt haben.
TEMPLE:	(*Unterbricht, hat etwas gesehen*) Moment mal, Steve, das zweite Haus da vorne sieht aus wie ein kleiner Laden. Hoffentlich kann man

	uns dort sagen, welche Straße wir nehmen müssen.
STEVE:	Ja, es ist wahrscheinlich besser, zu fragen.
TEMPLE:	Gut. Es dauert nur eine Minute. Du bleibst im Wagen.
STEVE:	In Ordnung. Hol dir ein paar Pralinen, Darling! Für mich Obst und Nüsse.
TEMPLE:	(*Ironisch*) Hättest du auch noch gerne ein zartes Steak mit Bratkartoffeln?

TEMPLE steigt aus dem Wagen aus.

STEVE:	Was denn? Und gar keine Zwiebeln dazu?

Beide lachen über diese Idee. TEMPLE schließt die Tür und geht auf den Laden zu.

ÜBERBLENDUNG.

Der Laden von Mrs. Moffat.

TEMPLE öffnet die Tür. Dabei hört man die Ladenglocke. TEMPLE schließt die Tür.

MRS. MOFFAT erscheint. Sie ist eine Frau mittleren Alters mit einer monotonen Stimme.

MRS. MOFFAT:	Guten Abend.
TEMPLE:	Oh, guten Abend.
MRS. MOFFAT:	Was wünschen Sie?
TEMPLE:	Ich hätte gerne ein paar Pralinen, bitte.
MRS. MOFFAT:	Wir haben keine Pralinen.
TEMPLE:	Oh, verstehe. Dann nehme ich ein paar Postkarten.
MRS. MOFFAT:	Einzelne oder ein Päckchen?
TEMPLE:	Geben Sie mir einfach dieses Päckchen da.
MRS. MOFFAT:	Sechs wunderschöne Aufnahmen von Inverdale, zwei davon bei Mondschein gemacht. Das macht dann Sixpence.

TEMPLE holt die Münze hervor.

TEMPLE:	Danke sehr.
MRS. MOFFAT:	Ich stecke sie in einen Umschlag.

TEMPLE: Äh – ja, danke.

Eine kurze Pause.

TEMPLE: Wie weit ist Inverdale von hier entfernt?

MRS. MOFFAT: Nur etwa zwei Meilen.

TEMPLE: (*Erfreut*) Oh gut. Ich dachte, es wäre viel wei-
               ter.

MRS. MOFFAT: Nein, nicht mehr als zwei Meilen. (*Sie nimmt
               das Geld an*) Danke.

*MRS. MOFFAT öffnet eine Schublade und legt das Geld hinein.
Sie schließt die Schublade mit einem Ruck.*

TEMPLE: Sie kennen nicht zufällig ein anständiges Ho-
               tel in Inverdale, nehme ich an?

MRS. MOFFAT: (*Nach kurzem Überlegen*) Tja, es gibt da ei-
               nen Gasthof.

TEMPLE: (*Er gibt sein Bestes, um so freundlich wie
               möglich zu sein*) Ich hoffe, einen guten.

MRS. MOFFAT: (*In Temples höchsteigenem Interesse*) Er ist
               nicht schlecht – überhaupt nicht schlecht!

TEMPLE: Soll ich von hier aus einfach geradeaus wei-
               terfahren, oder gibt es einen anderen Weg, den
               ich … (*TEMPLE zögert, weil er von MRS.
               MOFFATs Verhalten überrascht ist*)

MRS. MOFFAT: (*Tut so, als hätte sie nichts gehört*) Sie sind
               fremd in dieser Gegend?

TEMPLE: Ja, völlig, leider.

MRS. MOFFAT: Kommen Sie von weit her?

TEMPLE: Aus London.

MRS. LOFFAT: Aus London? Das ist ein weiter Weg.

TEMPLE: Ja.

MRS. MOFFAT: Ich habe eine verheiratete Schwester in Lon-
               don. In Peckham, glaube ich. Gibt es da einen
               Ort namens Peckham?

TEMPLE: Ja, es gibt einen Ort namens Peckham.

MRS. MOFFAT: (*Seufzt*) Ach, reisen zu können muss eine
               wunderbare Sache sein! Ich habe mir schon

oft gewünscht, ich hätte die Zeit dazu – und natürlich auch das Geld! Was hat Shakespeare über Reisende gesagt?

TEMPLE: Soweit ich das beurteilen kann, hat er eine ganze Menge darüber gesagt.

MRS. MOFFAT: (*Kühl, als hätten sie nicht miteinander gesprochen*) Hier ist Ihr Wechselgeld.

TEMPLE: Danke sehr.

MRS. MOFFAT: Hm. Brauchen Sie sonst noch etwas?

Die Ladentür öffnet sich und die Türklingel ist zu hören.

DAVID LINDSAY tritt ein. Er ist ein lebhafter junger Mann von etwa achtundzwanzig Jahren. Er ist außer Atem.

MRS. MOFFAT: Was denn, Mr. Lindsay!

LINDSAY: Hallo, Mrs. Moffat.

MRS. MOFFAT: Meine Güte, Sie sind vielleicht gerannt!

LINDSAY: Tut mir leid, dass ich hier so hereinplatze. (*Zu TEMPLE*) Nein, bitte gehen Sie nicht, Sir. (*Er ringt weiter nach Luft*)

TEMPLE: (*Neugierig, ruhig*) Abgesehen davon, dass Sie außer Atem sind, scheinen Sie wegen irgendetwas ziemlich aufgeregt zu sein. Stimmt etwas nicht? Ist etwas passiert?

LINDSAY: Ich habe Ihren Wagen vor einer Viertelmeile vorbeifahren sehen. Dann habe ich gesehen, dass Sie bei Mrs. Moffats Laden angehalten haben, also bin ich Ihnen hinterhergerannt. Ich hatte Angst, dass Sie weiterfahren, bevor … (*Holt Luft*) … bevor ich hier bin und mit Ihnen reden kann.

TEMPLE: (*Erstaunt*) Mit mir? Wie kann ich Ihnen denn helfen?

LINDSAY: Ich habe mich gefragt, ob Sie zufällig nach Inverdale fahren.

TEMPLE: Ja, ich bin in der Tat auf dem Weg nach Inverdale.

LINDSAY:	Ah … Wären Sie dann so nett, mir einen Gefallen zu tun?
TEMPLE:	Nun, vielleicht. Es kommt ganz darauf an, was es ist. Worum geht es genau?
LINDSAY:	Also, in Inverdale gibt es einen Gasthof namens *The Royal Gate*. Ich weiß nicht, ob Sie ihn kennen oder nicht?
TEMPLE:	Meine Frau und ich haben vor, die Nacht in Inverdale zu verbringen, also …
LINDSAY:	Oh, aber das ist ja großartig! Nun, hören Sie, Sie können mir einen großen Gefallen tun. Wenn Sie ins *The Royal Gate* kommen, wären Sie dann so freundlich, dort nach einem gewissen Mr. John Richmond zu fragen, und dann … (*Seine Stimme wird angespannt*) Und dann, würden Sie ihm bitte … (*Beginnt zu flüstern*) … diesen Brief hier geben?
TEMPLE:	Mr. John Richmond? (*Plötzlich*) Aber natürlich, mit dem größten Vergnügen. Geben Sie mir einfach den Brief.

LINDSAY gibt TEMPLE den Brief, der ihn nachdenklich studiert.

LINDSAY:	(*Ernst*) Bitte bedenken Sie, dass dies sehr wichtig ist. Unter keinen Umständen dürfen Sie den Brief an jemand anderen weitergeben. Verstehen Sie, unter keinen Umständen!
TEMPLE:	Aber angenommen, dieser Mr. Richmond ist gar nicht in dem Gasthof?
LINDSAY:	Er wird mit Sicherheit dort sein.
TEMPLE:	(*Nach einer kurzen Pause*) Vor einem Moment sagten Sie, dass Sie meinen Wagen eine Viertelmeile entfernt vorbeifahren sahen. Warum haben Sie mich nicht gleich angehalten?
LINDSAY:	Ich habe nur Ihre Scheinwerfer gesehen und hatte schon Angst, Sie wären … jemand anderes …

TEMPLE:	Jemand anderes? (*Plötzlich*) Nun, machen Sie sich keine Sorgen wegen des Briefes. Ich kümmere mich darum, dass Ihr Freund ihn erhält. Ich nehme an, ins Dorf geht es immer gerade aus?
LINDSAY:	In der Tat. Sie können es nicht verfehlen. Das *The Royal Gate* befindet sich auf der linken Seite, etwa auf halber Strecke der Hauptstraße.
TEMPLE:	Danke. Ich wünsche Ihnen beiden einen schönen Abend!

TEMPLE öffnet die Ladentür und es klingelt.

MRS. MOFFAT:	(*Ruhig*) Sie haben Ihre Postkarten vergessen!
TEMPLE:	Oh ja, ich Dummerchen. Ich danke Ihnen. Schönen Abend noch!

TEMPLE geht und die Tür schließt sich.

LINDSAY:	(*Immer noch aufgeregt*) Mrs. Moffat, wenn es nicht zu viel verlangt ist, könnte ich einen Augenblick Ihr Telefon benutzen? Ich muss nur …
MRS. MOFFAT:	Tut mir sehr leid, Mr. Lindsay, aber das Telefon funktioniert nicht seitdem dieser Sturm angefangen hat.
LINDAY:	Oh … (*Eine kurze Pause*) Verstehe. Die Leitung ist gestört.
MRS. MOFFAT:	Sie können es natürlich versuchen, aber ich glaube nicht, dass Sie Erfolg haben werden. Die Drähte müssen irgendwo gerissen sein.
LINDSAY:	(*Denkt an etwas anderes*) Oh … ja … natürlich … ja … ja … danke …
MRS. MOFFAT:	Kann ich sonst noch etwas für Sie tun, Mr. Lindsay? Wenn nicht, gehe ich einfach nach hinten zum Kamin.
LINDSAY:	Nein … nein, ich fürchte, Sie können nichts tun. Aber trotzdem vielen Dank. Guten

Abend, Mrs. Moffat!

MRS. MOFFAT: Guten Abend, Mr. Lindsay!

Die Tür öffnet und schließt sich. Als LINDSAY durch die Tür geht, hören wir die Ladenglocke. Dann gibt es eine kurze Pause. Schließlich hören wir, wie ein Telefon abgenommen wird.

MRS. MOFFAT: (*Am Telefon*) Hallo, ich möchte bitte Inverdale 74 … Hallo – Hallo, sind Sie es? … (*Plötzlich*) Ja … Ja – Er ist hier gewesen. Er ist gerade gegangen … Nein. Nein, ich konnte nicht … Er hat einem Mann, der zufällig hier war, einen Brief gegeben … Also gut, hören Sie jetzt genau zu! (*Ruhig*) Er war adressiert an einen Mr. John Richmond im *The Royal Gate*.

MRS. MOFFAT legt den Telefonhörer auf.

Die Szene wird ausgeblendet. Überblenden in eine dramatische Begleitmusik.

ÜBERBLENDEN.

<u>Im Wagen auf der Landstraße.</u>

Die Musik überblendet in das Geräusch von Temples Wagen, der mit mäßiger Geschwindigkeit fährt.

STEVE: Ich weiß nicht, wie es dir geht, Darling, aber die zwei Meilen nach Inverdale kommen mir wie eine Ewigkeit vor!

TEMPLE: Gerade habe ich das Gleiche gedacht, Steve.

Eine Pause.

STEVE: Der junge Mann schien es ziemlich eilig zu haben, nicht wahr?

TEMPLE: (*Leise*) Du meinst den jungen Mann, der mir den Brief gegeben hat?

STEVE: Ja. Er kam die Straße heruntergerannt, als ob sein Leben davon abhinge. Zuerst dachte ich, es hätte einen Unfall gegeben!

TEMPLE: Es ist ziemlich seltsam … Er sagte, er habe

	unseren Wagen schon eine Viertelmeile vor dem Laden gesehen.
STEVE:	Warum hat er uns dann nicht aufgehalten?
TEMPLE:	Das ist genau das, was ich auch von ihm wissen wollte. (*Pause*) Offenbar hatte er Angst, dass wir jemand anderes sind. Schließlich konnte er nichts anderes als unsere Scheinwerfer erkennen.

Mit rasender Geschwindigkeit nähert sich ein zweites Auto.

TEMPLE:	Bei Timothy, der Bursche hat's aber eilig. Zur Hölle nochmal! Ist der Kerl noch ganz …
STEVE:	(*Aufgeregt*) Er will vorfahren, Paul!
TEMPLE:	Vorfahren? Was zum Teufel denkt er, was er da tut, dieser verdammte Narr!
STEVE:	Er will, dass du anhältst, Darling.
TEMPLE:	… dass ich anhalte?
STEVE:	Ja, er gibt Zeichen.

Ein schreckliches Quietschen der Bremsen ertönt. Beide Autos kommen zum Stillstand.

TEMPLE:	Die müssen sich verirrt haben.
STEVE:	Ich glaube, es sind zwei Männer.
TEMPLE:	Wie können die nur so an mir vorbeiziehen und vor mir halten? Ich habe keine Chance, irgendwie an ihnen vorbeizufahren.

Wir hören, wie sich Schritte nähern. Zwei Männer – LAURENCE VAN DRAPER und MAJOR GUEST – erscheinen.

VAN DRAPER:	(*Etwas zu extravagant*) Ich muss mich wirklich bei Ihnen entschuldigen, Sir, dass ich Sie so aufgehalten habe.
STEVE:	(*Freundlich*) Wenn Sie die Straße nach Inverdale suchen …
VAN DRAPER:	Leider, Madam, interessiert uns die Straße nach Inverdale nicht.
GUEST:	(*Leise*) Ich denke, wir sollten uns vielleicht besser vorstellen, Laurence.

37

VAN DRAPER:	Aber ja, natürlich! Das hatte ich vergessen! Mein Name ist van Draper, Dr. Laurence van Draper. Dieser Gentleman ist Major Lindsay, ein sehr enger Freund von mir. Tatsächlich ist er der Vater des nervösen jungen Mannes, den Sie vor etwa zehn Minuten im Dorf getroffen haben.
TEMPLE:	Verstehe.
GUEST:	Ich glaube, dass mein Sohn Ihnen einen Brief gegeben hat.
TEMPLE:	Ja, das stimmt.
GUEST:	Der Brief war an einen gewissen Mr. John Richmond adressiert.
TEMPLE:	Ja und?
GUEST:	Sie würden mir einen sehr großen Gefallen tun, wenn Sie so freundlich wären und diesen Brief Dr. van Draper übergeben würden.

Eine Pause.

TEMPLE:	Es tut mir wirklich leid, Major, aber Ihr Sohn hat mir die ausdrückliche Anweisung gegeben, dass der Brief an niemanden außer an Mr. Richmond übergeben werden darf.
GUEST:	Ich fürchte, dass das eine schwierige Aufgabe wird, Sir. Sehen Sie, eine Person namens John Richmond gibt es nämlich gar nicht.
TEMPLE:	Gibt es gar nicht?
VAN DRAPER:	Vielleicht lassen Sie mich das näher erklären, Major. Sehen Sie, Sir, David Lindsay, der junge Mann, der Ihnen diesen Brief gegeben hat, hat leider einen eher ungewöhnlichen .. ja … wie soll ich es nennen … Geisteszustand.
STEVE:	Sie meinen, er ist nicht ganz richtig im Kopf?
VAN DRAPER:	Das bedeutet, Madam, dass er für einige seiner Handlungen nicht vollständig verantwortlich gemacht werden kann. Oh, im Grunde

genommen ist nichts Schlimmes an dem Jungen und wir wissen, dass er im Moment gute Fortschritte macht, verglichen mit früher, aber manchmal hat er so wie heute Abend leider so einen Anfall. Immer dann, wenn er ein wenig – ähm – unausgeglichen ist.

TEMPLE: Das kann ich sehr gut verstehen.

VAN DRAPER: Ich behandle diesen Fall rein psychologisch und alleine aus diesem Grund würde ich es begrüßen, wenn ich diesen Brief zurück bekäme. Aber wenn Sie auch nur den geringsten Zweifel haben, ob Sie ihn mir aushändigen können, dann …

TEMPLE: Aber nein, natürlich habe ich den nicht, Doktor. Es gibt keinen Grund, an Ihrem Wort zu zweifeln. Aber – sagen Sie mir, woher wissen Sie eigentlich von dem Brief?

Eine Pause.

GUEST: Mrs. Moffat hat uns angerufen. Sie weiß alles über Davids kleine Erkrankung und sie …

TEMPLE: (*Unterbricht*) Oh ja! Natürlich! Klar … Selbstverständlich … Mrs. Moffat. (*Holt den Briefumschlag hervor*) Hier ist der Brief!

GUEST: Ich danke Ihnen vielmals. Ich fahre jetzt meinen Wagen aus dem Weg, damit Sie vorbeikommen. Ich scheine die ganze Straße in Anspruch genommen zu haben.

TEMPLE: (*Amüsiert*) Ja, das haben in der Tat!

VAN DRAPER: Einen schönen Abend. Ich danke Ihnen vielmals! Auf Wiedersehen, Madam.

STEVE: Auf Wiedersehen!

VAN DRAPER und GUEST gehen. Das Auto fährt weg. Allgemeine Abendgeräusche sind zu hören.

Temples Wagen beschleunigt und wird schneller. Es folgt eine lange Pause, in der nichts gesagt wird. Dann fängt TEMPLE an, vor sich hin zu lachen.

STEVE: Paul, was ist los? Worüber lachst du?

TEMPLE: Hast du schon jemals in deinem Leben eine so lächerliche Geschichte gehört?

STEVE: Du meinst, was der Arzt gesagt hat?

TEMPLE: Der Arzt? Er ist genauso wenig ein Arzt wie ich es bin. Der Kerl sah überhaupt nicht wie ein Arzt aus und, bei Timothy, er sprach auch nicht wie einer!

STEVE: Aber wenn du ihm die Geschichte nicht geglaubt hast, warum hast du ihm dann den Brief gegeben?

TEMPLE: Ich habe ihm den Brief nicht gegeben, Liebling! Ich habe ihm die Postkarten gegeben. Sechs wunderschöne Aufnahmen von Inverdale. Zwei davon bei Mondlicht!

TEMPLE lacht weiter.
Szene wird ausgeblendet.
Begleitmusik ertönt.

ÜBERBLENDUNG.

Temples Zimmer im *The Royal Gate.*
Die Musik wird ausgeblendet und überblendet in eine Tür, die sich öffnet. Wir befinden uns im Zimmer der Temples im Gasthof.
ERNIE WESTON und MRS. MOLLY WESTON, seine Ehefrau, kommen herein. ERNIE spricht im Dialekt.

MRS. WESTON: Ich denke, Sie werden sich hier sehr wohl fühlen. Es mag nicht so palastartig sein wie einige dieser Eisenbahnhotels, aber die Aussicht ist trotzdem unschlagbar.

STEVE: Danke sehr! Es passt uns sehr gut hier. Das Zimmer ist sehr hübsch, danke.

ERNIE: (*Ziemlich außer Atem*) Wo soll ich die abstellen, Madam? Die anderen Koffer bringe ich gleich.

TEMPLE:	Stellen Sie sie da ab. Ich kümmere mich später darum.
ERNIE:	Vielen Dank, Sir.
STEVE:	Hier scheint ziemlich viel los zu sein? Ist das immer so?
ERNIE:	Du meine Güte, nein. Dieses Haus hat bis vor ein paar Monaten nichts als Kosten verursacht. Stimmt's, Frauchen?
MRS. WESTON:	Tja, die Lage ist jetzt rosiger, daran besteht kein Zweifel.
ERNIE:	Hör sich das einer an! Rosiger! Verdammt, viel zu rosig! Ich bin seit Wochen auf den Beinen, vom früh morgens bis spät abends! (*Zu TEMPLE*) Kommen Sie von weither, Sir?
TEMPLE:	Wir sind heute Morgen in Edinburgh um etwa zehn Uhr losgefahren.
ERNIE:	Tja, das ist ein langer Weg! Sie sind aber ziemlich gut vorangekommen. Ich nehme an, Sie sind ein bisschen hungrig?
STEVE:	Ja, das sind wir.
ERNIE:	Nun denn, Herrschaften, wir essen um halb acht. Sie können es nicht vergessen. Sie müssen nur auf den Gong hören. Ja, Sir, wir sind stolz auf diesen Gong, wie in einem richtigen Hotel! Das war Frauchens Idee.
MRS. WESTON:	Ja, in letzter Zeit hatten wir so viele feine Damen und Herren hier, dass ich dachte, wir sollten sicherstellen, dass sie es hier so haben, wie sie es von zu Hause gewohnt sind. Soll ich Ihnen Wasser und ein sauberes Handtuch holen, Madam, damit Sie sich ein wenig frisch machen können?
STEVE:	Das wäre schön! Vielen Dank!
MRS. WESTON:	Darf ich Sie dann vielleicht zum Badezimmer

	begleiten?
STEVE:	Danke. Es dauert nicht lange, Paul!
TEMPLE:	In Ordnung!

STEVE und MRS. WESTON gehen und schließen die Tür hinter sich.

ERNIE:	Nun, dann werde ich auch runtergehen, Sir, um den Rest des Gepäcks zu holen. Wenn ich das getan habe, dann …
TEMPLE:	Nein, warten Sie einen Moment. Dieser Gasthof hier, wird er von Ihnen und Ihrer Frau geführt?
ERNIE:	So ist es, Sir. Weston ist mein Name. Ernie, das bin ich und Molly Weston, das ist mein Frauchen. Wir sind jetzt seit zwei Jahren hier. Zwei harte Jahre, Sir, das kann ich Ihnen sagen.
TEMPLE:	Sie scheinen es nicht sehr zu mögen.
ERNIE:	Na ja, jetzt ist es in Ordnung. Das Geschäft läuft ein bisschen besser. Aber Junge, es ist ein richtiger Kampf, weiterzumachen!
TEMPLE:	Das Hotel scheint im Moment ziemlich voll zu sein.
ERNIE:	Ganz voll. Die ganze Welt scheint beschlossen zu haben, jetzt Urlaub zu machen. Unter uns gesagt, Sir, Sie wären nicht in diesem Zimmer, wenn ich und mein Frauchen nicht so freundlich wären.
TEMPLE:	Haben Sie jemanden hier, der Richmond heißt – John Richmond?
ERNIE:	(*Überrascht*) Aber ja, Sir! Ist er ein Freund von Ihnen?
TEMPLE:	Nein, aber ich würde gerne mit ihm sprechen.
ERNIE:	Nun, ich glaube, er ist jetzt unterwegs, Sir. Aber er wird bald zum Abendessen zurück sein.

TEMPLE:	Gut. Dann werde ich ihn ja sehen. Hier, das ist für Sie.

TEMPLE gibt ERNIE ein Trinkgeld.

ERNIE:	Danke Ihnen vielmals, Sir. Wenn Sie noch etwas brauchen, fragen Sie mich einfach, okay? Und wenn Sie Lust auf etwas Leckeres zum Abendessen haben, sagen Sie es einfach dem Frauchen.
TEMPLE:	(*Kichert*) Danke. Das werde ich.

ERNIE geht und schließt die Tür hinter sich.

TEMPLE öffnet seinen Koffer und pfeift eine Melodie vor sich hin, während er auszupacken beginnt.

Es klopft an der Tür.

TEMPLE:	Herein!

Die Tür wird geöffnet und DR. STEINER tritt ein.

DR. STEINER:	Ich hoffe, ich störe nicht, Mr. Temple?
TEMPLE:	(*Überrascht*) Was denn, Dr. Steiner! Kommen Sie herein, Doktor, kommen Sie herein!!!
TEMPLE:	Ich habe Ihren Namen im Gästebuch gesehen und konnte nicht widerstehen, unsere … unsere transatlantische Freundschaft zu erneuern! (*Er lacht*)
TEMPLE:	Es ist eine Freude, Sie wiederzusehen. Aber ich bin überrascht! Was machen Sie in Schottland?
DR. STEINER:	Ich bin im Urlaub und versuche so gut wie möglich zu vergessen, dass ich Philosophieprofessor an der Universität von Philadelphia bin. Aber das ist leider nicht leicht. Diese Schotten sind für einen Philosophen sehr interessant. Sie sind in vielerlei Hinsicht sehr religiös und, sagen wir mal, engstirnig. Und doch verehren sie ihren Nationaldichter Robert Burns. Sie haben zweifellos schon von Burns gehört?

TEMPLE: (*Kichert*) Ja, ich habe von Rabbie Burns ge-
            hört.

DR. STEINER: Und noch immer lehnen die Schotten die
            Scheidung ab. Sie betrachten die Ehe als hei-
            lig, verbindlich und ewig. Und doch ist es in
            Schottland leichter, sich scheiden zu lassen als
            irgendwo sonst auf den Britischen Inseln.
            Vielleicht können Sie diese Ungereimtheiten
            erklären, Mr. Temple. Ich würde Ihnen sehr
            gerne zuhören und mir dazu ein paar Notizen
            machen.

Die Tür wird geöffnet. STEVE stürmt herein. Sie ist aufgeregt.

STEVE: Paul, es ist unglaublich, aber …

*STEVE hört auf zu sprechen, als sie sieht, dass DR. STEINER im
Raum ist.*

STEVE: Ach, du lieber Himmel, Dr. Steiner! Was ma-
            chen Sie denn hier?

TEMPLE: (*Lacht*) Du bist genauso überrascht wie ich,
            Steve, und das ist kein Wunder! Wer hat er-
            wartet, dass Dr. Steiner hier ist? Dr. Steiner ist
            gerade gekommen, Liebling. Er hat unseren
            Namen im Gästebuch gesehen.

DR. STEINER: Möglicherweise verschwende ich meine Ta-
            lente an die Philosophie und hätte besser De-
            tektiv werden sollen! Ich frage mich, was Sie
            hier machen, denn Sie haben mir doch im
            Flugzeug gesagt, dass Sie bald nach Südfrank-
            reich reisen …

STEVE: Paul hat es sich plötzlich anders überlegt. Er
            dachte, es wäre dort zu heiß.

TEMPLE: Ich muss sagen, das gefällt mir!

DR. STEINER: (*Lacht*) Wie schön, wenn man es sich anders
            überlegt. Nun, eines ist sicher, in Schottland
            wird es Ihnen nicht zu heiß werden. Brr! Nir-
            gendwo ist es mir so kalt gewesen wie hier,

nicht einmal in Philadelphia!

STEVE lacht.

TEMPLE: Wie lange werden Sie hier bleiben, Doktor?

DR. STEINER: Ich weiß es eigentlich nicht … Es kommt darauf an, wissen Sie … Es kommt sehr auf das Wetter an … Tja, ich muss jetzt gehen und meine Koffer auspacken. Ich hoffe doch, dass wir uns später beim Abendessen sehen?

TEMPLE: Aber ja, natürlich. Sie müssen an unserem Tisch sitzen. Ich werde das arrangieren.

DR. STEINER: Es wird mir eine Ehre sein. Dann bis später! Auf Wiedersehen!

DR. STEINER geht und die Tür wird geschlossen.

STEVE: Oh, Paul, ich habe dir etwas zu sagen, das dich verblüffen wird. Ich weiß nicht, wie ich es geschafft habe, es für mich zu behalten, während Dr. Steiner hier war!

TEMPLE: Beruhige dich, Steve, beruhige dich! Was um Himmels willen soll das alles? Du bist hier hereingestürmt, als ob alle Campbells und McLeods hinter dir her wären.

STEVE: Paul, du wirst nie erraten, wen ich gerade hier im Hotel gesehen habe.

TEMPLE: Ich habe nicht die leiseste Ahnung.

STEVE: Iris!

TEMPLE: (*Erstaunt*) Iris? Hier im Hotel?

STEVE: Ja, Darling.

TEMPLE: Sei nicht albern, Steve, das kann sie gar nicht sein! Sie ist in Südfrankreich!

STEVE: (*Ernst*) Ehrlich, Paul, ich mache keine Witze. Ich habe Iris wirklich gesehen. Ich bin gerade aus dem Bad gekommen und am anderen Ende des Ganges öffnete sich eine Tür und – was glaubst du, wer herauskam? Niemand anderes als Iris! Kannst du dir vorstellen, wie über-

	rascht ich war?
TEMPLE:	Hat sie dich gesehen?
STEVE:	(*Nachdenklich*) Ich weiß es nicht genau … Aber ich habe schon das Gefühl …
TEMPLE:	Und was ist passiert? Wo ist sie hingegangen?
STEVE:	Nun, es gibt eine Treppe am Ende des Ganges, neben ihrem Zimmer. Bevor ich etwas sagen konnte, hatte sie mir den Rücken zugewandt und war verschwunden.
TEMPLE:	Warum hast du ihr nicht einfach nachgerufen?
STEVE:	Ich war so erschrocken. Es war wie einer dieser Träume, in denen man sich ziemlich hilflos fühlt.
TEMPLE:	Das ist wirklich sehr seltsam. Was zum Teufel sollte Iris hier tun?

Im Hintergrund ertönt der Gong zum Abendessen.

STEVE:	Oh je, da ist schon der Gong und wir haben noch nicht einmal angefangen, unsere Koffer auszupacken!
TEMPLE:	Das mit Iris ist verdammt seltsam! Ich frage mich, ob …
STEVE:	(*Schnell*) Paul!
TEMPLE:	Ja, Steve?
STEVE:	Paul, mir ist gerade dieser Brief eingefallen. Solltest du dich nicht besser erkundigen, ob …?
TEMPLE:	Das habe ich bereits.
STEVE:	Dann gibt es einen John Richmond?
TEMPLE:	Es gibt einen. Und er wohnt hier in diesem Hotel.

Eine kurze Pause.

STEVE:	(*Ziemlich verwirrt*) Paul, du denkst doch nicht, dass …
TEMPLE:	Was, Liebling?
STEVE:	Ach nichts …

TEMPLE:	Na los, Steve, was wolltest du gerade sagen?
STEVE:	Ich wollte gerade sagen: Du denkst doch nicht, dass es irgendeine Verbindung zwischen den beiden Männern gibt, die unseren Wagen angehalten haben, dem jungen Mann, der dir den Brief gegeben hat – und Iris? Und ja, wenn ich es mir recht überlege, eigentlich auch mit Dr. Steiner?
TEMPLE:	(*In Gedanken*) Ich weiß es nicht …

Es klopft an der Tür.

TEMPLE:	Herein!

Die Tür öffnet sich und ERNIE WESTON tritt ein.

ERNIE:	Entschuldigen Sie, Sir, aber Sie wollten, dass ich Ihnen Bescheid gebe, wenn Mr. Richmond zurückkommt. Ich habe ihn nach oben gebracht, damit Sie mit ihm sprechen können.
TEMPLE:	Oh, gut! Wunderbar. Ich danke Ihnen. Bitten Sie Mr. Richmond sofort herein.
ERNIE:	In Ordnung, Sir. (*Im Korridor*) Hier entlang, Sir!

Eine kurze Pause.

TEMPLE:	Was denn, Mr. …
STEVE:	(*Erstaunt*) Sir Graham! Was machen Sie denn hier?
TEMPLE:	(*Überrascht*) Sir Graham! Bei Timothy, Sir Graham, was in aller Welt machen Sie denn hier?
FORBES:	(*Ruhig*) Das scheint ein Missverständnis zu sein … Mein Name ist Richmond. John Richmond …

Aufblenden der Schlussmusik.
ABBLENDEN.

ENDE VON EPISODE 1.

47

Episode 2
Betreff: Z.4

AUFBLENDEN.

<u>Temples Zimmer im *The Royal Gate.*</u>

<u>STEVE</u>:	(*Ziemlich verwirrt*) Paul, du denkst doch nicht, dass …
<u>TEMPLE</u>:	Was, Liebling?
<u>STEVE</u>:	Ach nichts …
<u>TEMPLE</u>:	Na los, Steve, was wolltest du gerade sagen?
<u>STEVE</u>:	Ich wollte gerade sagen: Du denkst doch nicht, dass es irgendeine Verbindung zwischen den beiden Männern gibt, die unseren Wagen angehalten haben, dem jungen Mann, der dir den Brief gegeben hat – und Iris? Und ja, wenn ich es mir recht überlege, eigentlich auch mit Dr. Steiner?
<u>TEMPLE</u>:	(*In Gedanken*) Ich weiß es nicht …

Es klopft an der Tür.

<u>TEMPLE</u>:	Herein!

Die Tür öffnet sich und ERNIE WESTON tritt ein.

<u>ERNIE</u>:	Entschuldigen Sie, Sir, aber Sie wollten, dass ich Ihnen Bescheid gebe, wenn Mr. Richmond zurückkommt. Ich habe ihn nach oben gebracht, damit Sie mit ihm sprechen können.
<u>TEMPLE</u>:	Oh, gut! Wunderbar. Ich danke Ihnen. Bitten Sie Mr. Richmond sofort herein.
<u>ERNIE</u>:	In Ordnung, Sir. (*Im Korridor*) Hier entlang, Sir!

Eine kurze Pause.

<u>TEMPLE</u>:	Was denn, Mr. …

STEVE:	(*Erstaunt*) Sir Graham! Was machen Sie denn hier?
TEMPLE:	(*Überrascht*) Sir Graham! Bei Timothy, Sir Graham, was in aller Welt machen Sie denn hier?
FORBES:	(*Ruhig*) Das scheint ein Missverständnis zu sein … Mein Name ist Richmond. John Richmond …
TEMPLE:	Oh, tut mir leid, Sir, wir müssen Sie um Verzeihung bitten. Bei Timothy, so etwas habe ich noch nie gesehen … Das gleiche Kinn, die gleiche Nase … (*Zu STEVE*) Er sieht genauso aus wie der alte Forbes, nicht wahr, Steve? Das absolute Ebenbild des alten Forbes! – Sieh dir nur sein Haar an … nun, ich fasse es nicht.
FORBES:	Was zum Teufel soll das alles? (*Zu ERNIE*) Wer sind diese Dame und dieser Herr?
ERNIE:	Ein Mr. und eine Mrs. Temple, Sir. Sie sind vor etwa einer halben Stunde angekommen. (*Eine unangenehme Pause*) Es scheint sich hier um einen Irrtum zu handeln, nicht wahr?
FORBES:	Ich dachte, Sie sagten, er wolle mich sehen.
ERNIE:	Nun, er sagte, er wolle Sie sehen. (*Zu TEMPLE*) Was soll das? Sie sagten, ich solle eine Nachricht überbringen an …
TEMPLE:	(*Lacht*) Es ist alles in Ordnung, Mr. Weston. Es gibt keinen Grund, sich aufzuregen. Dieser Herr hat uns nur an jemand anderen erinnert, das ist alles.
ERNIE:	(*Ein wenig aufgewühlt*) Aber das ist der Herr, den Sie sehen wollten – Mr. Richmond …
TEMPLE:	Es ist gut, Mr. Weston, keine Sorge. Die Sache ist die, dass wir Mr. Richmond noch nie zuvor begegnet sind, und jetzt stellt sich her-

	aus, dass er einem engen Bekannten von uns furchtbar ähnlich sieht. Diese Ähnlichkeit ist wirklich verblüffend.
FORBES:	Das ist ja alles schön und gut, aber ich fürchte, ich habe keine Zeit für so etwas. Wenn Sie also so freundlich wären …
TEMPLE:	Oh, ich bitte Sie um Verzeihung. Erlauben Sie mir, mich vorzustellen. Mein Name ist … (*Plötzlich, zu ERNIE*) Es ist alles in Ordnung, Weston, danke, Sie brauchen nicht länger zu bleiben.
ERNIE:	Vergessen Sie nicht, dass wir nach Viertel vor acht kein Abendessen mehr servieren.
TEMPLE:	Keine Sorge. Wir vergessen es nicht.
ERNIE:	Dann gehe ich mal.
TEMPLE:	Und nochmals vielen Dank.

ERNIE geht und schließt die Tür hinter sich. Es gibt eine kurze Pause, während der TEMPLE, STEVE und FORBES warten, um sicherzustellen, dass ERNIE weg ist.

TEMPLE:	Sir Graham, es tut mir furchtbar leid. Es war äußerst dumm von uns beiden, Ihren Namen so herauszuposaunen.
FORBES:	Das ist schon in Ordnung. Sie haben es gut überspielt. Aber was zum Teufel machen Sie beide denn hier?
TEMPLE:	Tja, wenn wir schon darüber sprechen, dann …
FORBES:	Ich weiß! Ich weiß, ich weiß! Fragen Sie mich nicht, Temple. Fragen Sie mich nicht! Aber im Ernst, was hat Sie zwei dazu gebracht, Inverdale zu besuchen? Sie können doch keine Ahnung gehabt haben von … Das ist nicht möglich …
STEVE:	Aber wir haben Ihnen doch gesagt, dass wir nach Schottland kommen.

FORBES:	Das haben Sie in der Tat. Ja, das hatte ich ganz vergessen.
TEMPLE:	Sir Graham, glauben Sie nicht, dass Sie uns erzählen könnten, warum Sie sich hier unter dem Namen Richmond aufhalten?
FORBES:	Ja, das ist eine andere Sache, Temple. Sie wollten Mr. John Richmond sehen. Ich bin John Richmond, obwohl, wie zum Teufel …?
STEVE:	(*Zu TEMPLE*) Paul, gib ihm den Brief. Dann können wir runter zum Essen gehen.
FORBES:	Welchen Brief?
TEMPLE:	Ein Brief von einem jungen Mann namens Lindsay – David Lindsay.
FORBES:	(*Überrascht*) Für mich?
TEMPLE:	Ja.
FORBES:	Ich kenne niemanden namens David Lindsay. Das muss ein Irrtum sein.
STEVE:	(*Erstaunt*) Sie kennen gar niemanden, der Lindsay heißt?
FORBES:	Nein.
STEVE:	Wohnt hier noch ein John Richmond?
FORBES:	Nicht, dass ich wüsste.
STEVE:	Dann muss dieser Brief für Sie sein.
TEMPLE:	Das wird ja immer schöner! Zuerst treffe ich die entzückende Mrs. Moffat, dann den nervösen Mr. Lindsay und später …
FORBES:	(*Überrascht*) Mrs. Moffat? Sie meinen die Frau aus dem Dorfladen?
TEMPLE:	Genau. Die dunkeläugige Schönheit mit einer Schwester in Peckham.
FORBES:	Wie haben Sie Mrs. Moffat kennengelernt?
STEVE:	Auf unserem Weg hierher, Sir Graham, haben wir uns verfahren. Wir hielten im Dorf an und um ganz sicher zu gehen, dass wir die richtige Straße nach Inverdale nehmen, ging Paul in

	den Laden, um sich zu erkundigen.
TEMPLE:	Ich war kurz bei Mrs. Moffat. Gerade als ich gehen wollte, stürmte der junge Mann herein, von dem ich Ihnen erzählt habe – David Lindsay. Er war offensichtlich aufgeregt und ziemlich besorgt über etwas. Um es kurz zu machen: Er fragte mich, ob ich nach Inverdale käme und ob ich einen Brief für ihn an einen Mr. John Richmond überbringen könnte, der zufällig im *The Royal Gate* wohnt. Natürlich willigte ich ein, dies zu tun. Auf dem Weg hierher wurden wir jedoch von zwei Männern angehalten ….
FORBES:	(*Unterbricht TEMPLE*) Können Sie sie beschreiben?
TEMPLE:	Da war ein Mann, der sich Dr. Laurence van Draper nannte, und ein anderer, eher militärisch aussehender Kerl, der sagte, er sei Major Lindsay, der Vater des jungen Mannes, der mir den Brief gegeben hatte. Sie erzählten uns eine ziemlich unglaubwürdige Geschichte über den jungen Mann, der ein bisschen verrückt sei, und forderten mehr oder weniger den Brief zurück. Sie waren recht freundlich, meinten es aber offensichtlich ernst.
FORBES:	(*Sehr interessiert*) Was passierte dann?
STEVE:	Nun, Paul kaufte zufällig ein Päckchen mit Postkarten, die Mrs. Moffat glücklicherweise in einen Briefumschlag gesteckt hatte.
FORBES:	Sie wollen doch nicht sagen, dass Sie ihnen die Postkarten gegeben haben?
TEMPLE:	Doch, ich fürchte schon.
FORBES:	Unglaublich! Jetzt hören Sie zu, Temple, das ist sehr wichtig. Ich möchte, dass Sie diesen jungen Mann so genau wie möglich beschrei-

ben.

TEMPLE:	Lindsay, meinen Sie? Oh, er war ungefähr fünf Fuß zehn groß, dunkelhaarig, gut ausse-hend …
STEVE:	Eher wie Frank Lawton, der Filmschauspieler.
FORBES:	(*Aufgeregt*) Mein Gott, das ist doch Ham-mond! Noel Hammond. Jetzt verstehe ich …
STEVE:	(*Zu TEMPLE*) Darling, was ist los?
TEMPLE:	(*Verwirrt*) Der Brief … Irgendetwas ist mit dem Brief passiert.
STEVE:	Der Brief?
FORBES:	(*Das Schlimmste befürchtend*) Temple, Sie wollen doch nicht etwa sagen, dass …
TEMPLE:	Er ist weg.
STEVE:	Weg! Aber, Paul, das kann doch nicht sein!
FORBES:	Sie haben sich doch bei diesen Postkarten nicht vertan, Temple?
TEMPLE:	Nein. Ich hatte den Brief, als ich hier ankam. Dessen bin ich mir absolut sicher. Als ich ausgepackt habe, habe ich diese alte Sportja-cke angezogen und die andere auf dem Stuhl liegen lassen.
FORBES:	Dieser Brief ist wichtig, Temple. Er ist un-glaublich wichtig und wir müssen ihn zurück-bekommen.
TEMPLE:	Diese Männer – van Draper und der Kerl, der sich Major Lindsay nannte – müssen jeman-den hier im *The Royal Gate* kontaktiert haben.
FORBES:	Ja, das sehe ich auch so.
STEVE:	Aber selbst wenn, weiß ich nicht, wie der Brief hier weggekommen sein könnte.
FORBES:	Wer war hier, als Sie ankamen?
TEMPLE:	Ein Kofferträger half uns mit dem Gepäck, dann brachten uns Weston und seine Frau nach oben.

STEVE:	Paul, da ist auch noch Dr. Steiner. Er kam nach Weston hier ins Zimmer und …
TEMPLE:	Bei Timothy, ja! Und er stand eine ganze Weile bei diesem Stuhl. Aber woher konnte er wissen, dass …
FORBES:	(*Neugierig*) Steiner? Wer genau ist dieser Dr. Steiner?
TEMPLE:	Er ist Professor für Philosophie an der Universität von Philadelphia. Wir haben ihn an Bord der *Golden Clipper* kennengelernt, als er aus Amerika hierher reiste.
FORBES:	Was macht er in Schottland? Wissen Sie das?
TEMPLE:	Er ist im Urlaub. Als er unsere Namen im Gästebuch entdeckte, kam er sofort hierher …

TEMPLE hält inne, während er an etwas denkt.

FORBES:	Was ist los?
TEMPLE:	Bei Timothy! Was bin ich doch für ein Esel!
STEVE:	Paul, was meinst du?
TEMPLE:	Steve, erinnerst du dich nicht? Ich habe mich doch gar nicht ins Gästebuch eingetragen. Es war voll. Weston ließ mich auf einem Blatt Notizpapier unterschreiben. Er hat das Papier in eine Schublade gesteckt, also weiß ich nicht, wie Steiner es hätte sehen können.
FORBES:	Dann wusste er, dass Sie hierher kommen würden. Er hat auf Sie gewartet! – Er hat auf den Brief gewartet!
TEMPLE:	Einen Moment. Nicht so schnell, Sir Graham. Es ist nicht so einfach …
STEVE:	Warum sollte Dr. Steiner, ein angesehener Universitätsprofessor, diesen Brief haben wollen?
FORBES:	Ich nehme an, Sie können nur auf das vertrauen, was er Ihnen über sich erzählt hat. Welche Nationalität hat er?

TEMPLE:	Oh, offensichtlich ist er Österreicher, würde ich sagen. Wahrscheinlich Wiener.
FORBES:	Nun, es scheint ein bemerkenswerter Zufall zu sein, dass er genau an dem Abend hier ist, an dem Noel Hammond …
TEMPLE:	Wer ist dieser Noel Hammond? Und wer ist dieser van Draper? Und wer zum Teufel ist …?
FORBES:	Das kann ich Ihnen jetzt nicht sagen, Temple. Kommen Sie nach dem Abendessen in mein Zimmer – nein, oder besser, ich werde hierher kommen. Das ist sicherer. Wir müssen diesen Brief zurückbekommen – egal, was passiert, wir müssen diesen Brief haben! (*Eine Pause*) Ich nehme an, Sie wollen wissen, worum ich nach Schottland gefahren bin, anstatt nach Südfrankreich zu reisen.

FORBES öffnet die Tür.

FORBES:	Ich sehe Sie beide hier in etwa einer Stunde.
TEMPLE:	Ja, in Ordnung.

FORBES geht und die Tür wird geschlossen.

STEVE:	Sollen wir jetzt zum Abendessen gehen, Paul?
TEMPLE:	(*In Gedanken*) Hm? (*Plötzlich*) Oh, entschuldige, Steve, ich habe nicht zugehört. Liebling, ist etwas?
STEVE:	Nein, nichts.
TEMPLE:	Na komm schon, Steve, ich kenne dich zu gut. Du bist über etwas besorgt, nicht wahr? Diese Sache regt dich auf.
STEVE:	Ja. Das tut sie.
TEMPLE:	Warum?
STEVE:	Weil viele Fälle so angefangen haben: die Schlagzeilenmänner, diese schreckliche Angelegenheit mit dem Diamantenfürsten und dann …

TEMPLE: Liebling, wenn du gleich morgen früh von hier weg willst – dann reisen wir ab. Du brauchst es nur zu sagen – und nichts auf der Welt wird uns aufhalten!

STEVE: (*Erfreut*) Du bist sehr süß.

Von unten ertönt der Gong zum Abendessen.

TEMPLE: Ich glaube, das ist besser für uns.

STEVE: Komm, dann lass uns jetzt essen gehen!

Szene wird ausgeblendet.

AUSBLENDEN.

AUFBLENDEN.

Der Laden von Mrs. Moffat.

Nach einer Musikuntermalung wird auf die sich öffnende Ladentür überblendet. Wir sind wieder im Laden von Mrs. Moffat. Die Ladenglocke ertönt. Eine zweite Tür öffnet sich.

MRS. MOFFAT: Was ist passiert?

VAN DRAPER: (*Verärgert*) Wir haben ihn verpasst.

MRS. MOFFAT: Ihr habt ihn verpasst?

GUEST: Es bringt nichts, um den heißen Brei herumzureden, Draper. Sie wird es früher oder später doch erfahren müssen.

MRS. MOFFAT: Ist etwas schiefgelaufen?

GUEST: Wir haben den Wagen angehalten und eine Lügengeschichte darüber aufgetischt, dass Lindsay nicht bei Sinnen sei. Sie schienen das alles zu schlucken, aber …

VAN DRAPER: Aber anstatt uns den Brief zu übergeben, hat er uns diese verdammten Dinger angedreht.

VAN DRAPER zeigt MRS. MOFFAT das Päckchen mit den Ansichtskarten.

MRS. MOFFAT: Die Postkarten! (*Verärgert*) Also ich muss schon sagen, das war sehr diletantisch von euch!

VAN DRAPER: (*Ungeduldig*) Wir können nicht den ganzen

Abend hier rumstehen, lass uns nach oben gehen.

MRS. MOFFAT: Warum wollt ihr beide unbedingt diesen Brief
haben? Was stand darin?

VAN DRAPER: Ich habe schon lange einen Verdacht gegen
Lindsay. Heute Abend …

MRS. MOFFAT: (*Unterbricht*) Mein Gott! Du willst damit
doch nicht etwa sagen, dass er …

VAN DRAPER: Er heißt gar nicht Lindsay, sondern Hammond
– Noel Hammond. Er ist ein britischer Agent.
Wir hätten ihn schon längst überprüfen sollen,
anstatt auf das Wort einer gewissen Person zu
vertrauen.

MRS. MOFFAT: Aber er wurde von Z.2 empfohlen. Sie hat
einen Eid geschworen, dass man ihm trauen
kann.

GUEST: Diese kleine Närrin ist auf ihn hereingefallen.

VAN DRAPER: Z.2, das ist Iris Archer, nicht wahr? Sie ist
anfällig für diesen Typ. Das ist ihre einzige
Schwäche. Das hätten wir erkennen müssen.

MRS. MOFFAT: Du hast doch immer gesagt, dass Lindsay gut
ist, in dem was er tut.

VAN DRAPER: Das hat mir Hardwick immer versichert. Aber
in letzter Zeit scheinen sie sich nicht mehr so
gut verstanden zu haben.

GUEST: Das ist ja alles schön und gut, aber was auch
immer passiert, wir müssen Lindsay finden.

VAN DRAPER: Das ist unbedingt nötig.

MRS. MOFFAT: Warum ist das so wichtig?

VAN DRAPER: Warum? Guter Gott, ist Ihnen denn nicht klar,
dass Lindsay die ganze Sache auffliegen lassen kann? Er hat mit Hardwick an dem
Schutzschirm gearbeitet … er weiß über uns
Bescheid – über Z.4 …

MRS. MOFFAT: Über Z.4? Was genau weiß er denn über Z.4?

VAN DRAPER: Er weiß, dass Z.4 hinter Hardwicks Verschwinden steckt. Und dass Z.4 an der Spitze der größten Spionageorganisation Europas steht.

MRS. MOFFAT: Aber weiß er denn, wer Z.4 ist?

GUEST: Weiß das jemand von uns?

VAN DRAPER: Das ist nicht der Punkt. Lindsay oder Hammond, wie auch immer ihr ihn nennen wollt, weiß viel zu viel. Da ist zunächst einmal Hardwick …

GUEST: Glaubt ihr denn nicht, dass der britische Geheimdienst jetzt über Hardwick Bescheid weiß?

VAN DRAPER: Natürlich tut er das. Aber zum Glück für uns messen die Leute vom Geheimdienst ihm keine Bedeutung bei – noch nicht.

GUEST: Aber wenn Sie Hammonds Brief erhalten, dann könnten sie …?

VAN DRAPER: Ganz genau.

GUEST: Ich frage mich, wer dieser Richmond ist?

VAN DRAPER: Ja, ich auch. Ich weiß nicht – aber wenn er den Brief hat, gibt es nichts anderes zu tun, als ihn zu holen, bevor er abreist.

MRS. MOFFAT: Es würde mich nicht wundern, wenn Lindsay Richmond nicht selbst getroffen hat. In diesem Fall …

VAN DRAPER: Nein. Lindsay wird nicht so dumm sein. Er wird sich vom Dorf fernhalten, da bin ich mir sicher. Er hat damit gerechnet, dass wir das *The Royal Gate* im Auge behalten – deshalb hat er unseren Freund nicht um eine Mitfahrgelegenheit gebeten.

GUEST: Wisst ihr, ich habe da so eine Ahnung, dass Lindsay zurück kommt.

MRS. MOFFAT: Du meinst, hierher?

GUEST: Ja, hierher.

MRS. MOFFAT: Warum sollte er?

GUEST: Nun, zunächst einmal ahnt er nicht, dass du zufällig eine von uns bist – und er wird wahrscheinlich versuchen, Richmond telefonisch zu erreichen.

Genau in diesem Moment klingelt das Telefon.

MRS. MOFFAT: Hallo? … Ja … Wann Sind Sie angekommen? … Wann? … Ich verstehe. (*Eine Pause. Zu* GUEST, *mit leiser Stimme*) Es ist Z.2. (*Wieder ins Telefon*) Ja … Ja, ich höre … Wer? (*Sehr interessiert*) Paul Temple? … Wie sieht er aus? … Ja … ja!

VAN DRAPER: (*Flüstert zu* MRS. MOFFAT) Bitten Sie sie, hierher zu kommen. Vielleicht weiß sie etwas über Richmond.

MRS. MOFFAT: (*Ins Telefon*) Hören Sie mal, wir müssen Sie sehen … Ja, sofort. Kommen Sie so schnell wie möglich hierher!

MRS. MOFFAT legt den Hörer auf und beendet das Gespräch.

GUEST: Das war also Z.2. Ich dachte, sie wäre … nicht mehr dabei.

VAN DRAPER: Wir brauchten sie für diese Sache. Z.4 befahl ihr, hierher zu kommen.

MRS. MOFFAT: Wisst ihr, wer dieser Mann war, der euch die Postkarten gegeben hat?

VAN DRAPER: Ich habe nicht die leiseste Ahnung. Wer war es denn?

MRS. MOFFAT: Paul Temple.

GUEST: Paul Temple! Mein Gott, wenn Temple sich dieser Sache angenommen hat, dann können wir einiges erwarten!

VAN DRAPER: Paul Temple? Was zum Teufel macht er denn hier?

GUEST: Glaubt ihr nicht, dass Temple Richmond ist?

Das würde erklären, warum er den Brief mit den Postkarten vertauscht hat.

MRS. MOFFAT: Dann hätte Lindsay ihn doch erkannt.

GUEST: Nicht unbedingt. Schließlich weiß keiner von uns, wer Z.4 ist, aber wir nehmen Befehle von ihm – oder ihr – entgegen.

VAN DRAPER: Z.2 sollte uns etwas über Richmond erzählen können. Wenn sie im *The Royal Gate* wohnt, dann muss sie Richmond dort gesehen haben.

Im Hintergrund hören wir das Klingeln an der Ladentür.

MRS. MOFFAT: Pssst!

VAN DRAPER: Was war das?

GUEST: Das war die Ladentür.

VAN DRAPER: Wer kann das sein?

MRS. MOFFAT: Ich bin gleich wieder da.

VAN DRAPER: Warte einen Moment.

MRS. MOFFAT: Was ist?

VAN DRAPER: Das könnte Lindsay sein. Wenn er das Telefon benutzen will – es ist jetzt wieder in Ordnung. Verstanden?

MRS. MOFFAT: (*Unheimlich*) Verstanden.

MRS. MOFFAT geht und man hört sie die Treppe hinuntersteigen. Nach einem Moment sind von unten Stimmen zu hören.

GUEST: Das ist Hammond!

VAN DRAPER: Ich dachte mir schon, dass er auftauchen würde. Ich hatte von Anfang an das Gefühl, dass wir ihn kriegen würden. Hast du deine Pistole dabei?

GUEST: Wenn Temple uns nicht bei diesem Brief ausgetrickst hätte, würden wir jetzt gut dastehen, denn wir haben Hammond.

Auf der Treppe sind Schritte zu hören.

VAN DRAPER: Pssst!

Die Tür öffnet sich und MRS. MOFFAT und DAVID LINDSAY treten ein.

LINDSAY:	Sie haben mir nie gesagt, dass Sie das Telefon hier oben angeschlossen haben.
VAN DRAPER:	Hallo, Lindsay! Überrascht?
LINDSAY:	Van Draper! Was denn, ich hatte nicht erwartet …

LINDSAY will eine Pistole hervorziehen, doch GUEST ist schneller.

GUEST:	(*Nachdrücklich*) Lassen Sie die Waffe fallen!

LINDSAY lässt die Waffe fallen.

Eine Pause ensteht.

LINDSAY:	(*Leise*) Was soll das? Was wollen Sie von mir?
GUEST:	Hier scheint es ein kleines Missverständnis zu geben. Meinen Sie nicht auch, Mr. Lindsay – oder sollte ich besser Hammond sagen?
LINDSAY:	Hammond? Wer zur Hölle ist Hammond?
VAN DRAPER:	Falls Sie es nicht wissen … Ihr Name ist Hammond, Noel Hammond, Mitarbeiter des britischen Geheimdiensts.
LINDSAY:	Des Britischen Geheimdiensts? (*Er lacht*) Das ist verdammt lustig. Wenn ich vom britischen Geheimdienst bin, warum zum Teufel glauben Sie, habe ich dann mit Hardwick zusammengearbeitet? Ich habe mir wegen seines verdammten Schutzschirms die Seele aus dem Leib geschwitzt.
VAN DRAPER:	Oh ja. Sie haben sehr hart an dem Schutzschirm gearbeitet, da sind wir uns einig! Aber Sie hatten auch einen Grund dafür.
LINDSAY:	Natürlich hatte ich einen Grund. Sechstausend Gründe, um genau zu sein.
MRS. MOFFAT:	Sechstausend? Hat Z.4 Ihnen sechstausend Pfund versprochen, wenn …?
LINDSAY:	Nein – Dollar. Aber hören Sie mal, was zum Teufel soll das alles überhaupt?

61

VAN DRAPER:	Vor zwei Jahren wandte sich ein gewisser Mr. John Hardwick an das Kriegsministerium wegen einer Erfindung von ihm, dem Hardwick-Schutzschirm. Diese wurde getestet und erwies sich in jeder Hinsicht als Fehlschlag.
LINDSAY:	Und dann hat mich wohl der britische Geheimdienst geschickt, nur für den Fall, dass …?
VAN DRAPER:	Ja, nur für den Fall, dass sich eine bestimmte andere Partei für den Schutzschirm und weitere Entwicklungen interessiert.
LINDSAY:	Ich habe noch nie in meinem Leben so einen verdammten Unsinn gehört. Wenn das Kriegsministerium den Schutzschirm für einen Reinfall hielt, warum sollte sich dann der Geheimdienst für die Angelegenheit interessieren?
GUEST:	Die Antwort darauf ist ganz einfach, mein Freund. Sie sind hinter Z.4 her.
LINDSAY:	(*Belustigt*) Also ich muss schon sagen, das klingt alles sehr interessant.
VAN DRAPER:	(*Zu LINDSAY*) Der Nachrichtendienst hat herausgefunden, dass Z.4 mit Hardwick Kontakt aufgenommen hatte, und so beschlossen sie, zwei Fliegen mit einer Klappe zu schlagen. (*Plötzlich, zu LINDSAY*) Bleiben Sie weg von dieser Tür! (*Zu GUEST*) Gib mir die Pistole!

GUEST gibt VAN DRAPER die Pistole.

LINDSAY:	Jetzt hören Sie mir zu, van Draper, legen Sie die Pistole weg – seien Sie kein Narr! Sicherlich können wir das vernünftig besprechen.
VAN DRAPER:	Was stand in dem Brief, den Sie Richmond geschickt haben?
GUEST:	Und wer ist John Richmond?
LINDSAY:	(*Nervös*) Ich – ich habe nicht die leiseste Ah-

nung, wovon Sie sprechen.

VAN DRAPER: Das ist schade. Ich gebe Ihnen zehn Sekunden, um Ihr Gedächtnis aufzufrischen.

VAN DRAPER nimmt eine Uhr aus seiner Tasche.

VAN DRAPER: Halte ihn in Schach, Guest. (*Eine Pause*) Fünf … Sechs … Sieben … Acht … Neun … Zehn!

LINDSAY: Das … das können Sie nicht tun!

VAN DRAPER schießt und LINDSAY fällt zu Boden. Genau in diesem Moment läutet die Ladenglocke erneut.

MRS. MOFFAT: Wieder die Ladenglocke! Das ist wahrscheinlich Z.2.

GUEST: Wenn es Iris Archer ist, hole sie herauf.

MRS. MOFFAT geht, öffnet die Tür und schließt sie. VAN DRAPER durchsucht die Leiche.

VAN DRAPER: Er hat nichts Besonderes in seinen Taschen. … Wir müssen die Leiche aus dem Weg schaffen. Am besten, du holst den Wagen und wirfst ihn über den Bergkamm von Moorford Ridge!

Die Tür öffnet sich und MRS. MOFFAT kommt mit IRIS ARCHER zurück.

IRIS: Hallo, Laurence. Wie lange bist du schon hier?

IRIS sieht die Leiche von LINDSAY auf dem Boden.

IRIS: David!

GUEST: Nicht anfassen!

VAN DRAPER: Es tut mir leid – vor allem, weil Lindsay ein Freund von dir war –, aber wir mussten uns seiner entledigen.

IRIS: (*Verständnislos*) Aber warum?

Eine Pause.

GUEST: Sein Name war Hammond. Er arbeitete für den Geheimdienst.

IRIS: (*Erstaunt*) Mein Gott, ich hoffe, ihr denkt

	nicht, dass ich …
GUEST:	Nein. Er hatte seine Spuren gut verwischt.
IRIS:	Also, das ist … unglaublich. Ich bin Lindsay vor zwei Jahren begegnet … er hatte ein Vorstrafenregister von hier bis Tokio. Ich habe ihn überprüft, bevor ich ihn gegenüber Z.4 überhaupt erwähnte. Ehrlich gesagt, Laurence, ich hatte nie den geringsten Verdacht …
VAN DRAPER:	Ist schon gut. Hammond war ein schlauer Teufel. Er hat uns sogar davon überzeugt, dass er auf der richtigen Spur ist.
GUEST:	Wann bist du angekommen?
IRIS:	Gestern Abend. Und, wie läuft es so?
GUEST:	Perfekt.
IRIS:	Ist der Schutzschirm schon fertig?
GUEST:	Fast. Wir warten auf Z.4.
IRIS:	Du meinst wohl, dass ihr auf Anweisungen von Z.4 wartet.
MRS. MOFFAT:	Nein.
VAN DRAPER:	Wir meinen, wir warten auf Z.4 selbst.
IRIS:	Mach dich nicht lächerlich! Er hat uns bis jetzt im Dunkeln gelassen, warum sollte er …
VAN DRAPER:	Diesmal kommt Z.4 ans Tageslicht …
IRIS:	Wann?
MRS. MOFFAT:	Bald, sehr bald, hoffen wir.
IRIS:	Woher wisst ihr das?
GUEST:	Mrs. Moffat hat vor fast zwei Wochen einen Brief bekommen. Er hat vier Interessenten, die sich für den Schutzschirm interessieren, und sie sind alle bereit, mehr als fünf Millionen zu zahlen. Der Preis könnte sogar noch weiter steigen – angetrieben durch den Wettbewerb. Eine Million ist für eine Regierung in diesem verrückten Rüstungswettlauf gar nichts.

IRIS:	Und wie werden wir Z.4 erkennen, wenn er kommt?
MRS. MOFFAT:	Ich werde ihn an einem Zitat erkennen.
GUEST:	Iris, in dem Gasthof wohnt ein Mann namens Richmond. John Richmond. Hast du ihn gesehen?
IRIS:	Nein, wer ist das?
GUEST:	Wir haben Grund zu der Annahme, dass er ein britischer Agent ist. Lindsay hat ihm einen Brief geschickt und wir müssen wissen, was darin stand.
IRIS:	(*Nachdenklich*) Ein britischer Agent?
VAN DRAPER:	Worüber denkst du nach?
IRIS:	Ich habe mich nur gerade gefragt, ob Paul Temple zufällig John Richmond ist.
GUEST:	Das habe ich auch gedacht.
VAN DRAPER:	Mach dich heute Abend an Temple heran. Wenn nötig, geh auf sein Zimmer.
GUEST:	Vielleicht ist es eine ganz gute Idee, Temple aus dem Weg zu räumen. Wenn er nicht Richmond ist, ist er wahrscheinlich noch gefährlicher. Ich kann mir nicht vorstellen, dass er nur zum Wohle seiner Gesundheit hier oben ist.
VAN DRAPER:	(*Nickt, stimmt zu*) Ja. Ja, ich glaube, da hast du recht.
IRIS:	Du meinst also … heute Abend?
VAN DRAPER:	(*Ruhig*) Heute Abend. Was die genaue Methode angeht, überlasse ich dir. Es wird sich wahrscheinlich aus der Situation ergeben.

Eine Pause.

IRIS:	Mrs. Moffat, Sie sagten, dass Sie Z.4 an einem Zitat erkennen würden.
MRS. MOFFAT:	Ja, das sagte ich.
IRIS:	Wie lautet das Zitat?

Eine Pause.

MRS. MOFFAT: »Was hat Shakespeare über Reisende gesagt?«

AUSBLENDEN.

AUFBLENDEN.

<u>Temples Zimmer im *The Royal Gate.*</u>

TEMPLE, STEVE und FORBES befinden sich im Zimmer und unterhalten sich.

TEMPLE: Es tut mir leid, Sir Graham, aber Steve hat in der Vergangenheit schon genug wegen mir durchgemacht.

FORBES: Ich kann Ihren Standpunkt durchaus verstehen, Temple, aber ich glaube nicht, dass Sie sich des Ernstes der Lage bewusst sind.

TEMPLE: (*Energisch*) Ich habe Steve versprochen, dass wir gleich morgen früh abreisen und ich werde mein Versprechen halten.

Eine Pause.

FORBES: (*Sehr ernst*) Es tut mir leid, Temple, aber ich fürchte, das kommt nicht in Frage.

STEVE: (*Entsetzt*) Wie meinen Sie das?

FORBES: (*Zögert*) Vielleicht würde es die Sache vereinfachen, wenn ich Ihnen etwas über diese Sache erzähle. Ich kann Ihnen nicht alles erzählen, Temple, aus offensichtlichen Gründen, aber … Tja, ich fange wohl besser am Anfang an, obwohl es schwer zu sagen ist, wo zum Teufel genau der Anfang ist. (*Eine Pause*) Vor ungefähr zwei Jahren trat ein Mann namens John Hardwick mit dem Kriegsministerium in Kontakt, um eine Erfindung von ihm vorzustellen, die er Hardwick-Schutzschirm nannte. Hardwick selbst war Chemiker, der von irgendeiner Tante eine große Summe

	Geldes geerbt hatte.
TEMPLE:	Was genau war das für eine Erfindung?
FORBES:	Der Hardwick-Schutzschirm war ein Tarnsystem für den Einsatz an Land, dessen Hauptvorteil darin bestand, dass er …
STEVE:	Sie meinen einen Nebelvorhang, ähnlich dem, den Kriegsschiffe auf See benutzen?
FORBES:	Nun, in gewisser Weise ja. Aber Hardwicks Schutzschirm unterschied sich in einigen wichtigen Details von dem, was die Admiralität verwendete. Aber das ist für uns im Moment nicht von Belang.
TEMPLE:	Hat Hardwick eine Art Lampe oder einen Strahl erfunden, der den Schutzschirm durchdringen kann?
FORBES:	Genau das ist es, Temple, das hatte er. Und hier beginnt mehr oder weniger unsere Geschichte. Das Kriegsministerium probierte den Schutzschirm aus, und, um es kurz zu machen, es war ein schrecklicher Flop. Der Schirm selbst war in Ordnung, aber der Strahl war ein kläglicher Fehlschlag. Ohne den Strahl war natürlich die ganze Trickkiste ein Reinfall. Hardwick hatte einen heftigen Streit mit dem Kriegsministerium und kehrte nach Schottland zurück.

FORBES hält inne, um seine Zigarre anzuzünden.

FORBES:	Nachdem Hardwick nach Schottland zurückgekehrt war, begannen sich die Leute vom Geheimdienst für die Angelegenheit zu interessieren.
STEVE:	Sie meinen den Secret Service?
FORBES:	(*Lacht*) Wenn Sie diesen Begriff bevorzugen, Steve. Ja, den Secret Service.
TEMPLE:	Aber warum sollten die Geheimdienstleute an

dem Schirm interessiert sein, wenn das Kriegsministerium ihn bereits abgelehnt hatte?

FORBES: Ich bin froh, dass Sie diese Frage stellen, Temple, denn sie ist der Kern der ganzen Angelegenheit. Macht es Ihnen etwas aus, wenn ich noch eine Tasse Kaffee trinke, Steve?

STEVE schenkt mehr Kaffee ein.

STEVE: Aber nein, bitte sehr.

FORBES: Vielen Dank.

FORBES trinkt.

TEMPLE: Fahren Sie fort, Sir Graham.

FORBES: Seit vielen Jahren ist dem britischen Geheimdienst und auch Scotland Yard klar, dass es in Europa eine der größten unabhängigen Spionageorganisationen aller Zeiten gibt. Eine Organisation, die direkt von einem Mann – oder einer Frau – kontrolliert wird. Jemandem, der unter dem Pseudonym Z.4 arbeitet.

TEMPLE: (*Leise*) Z.4?

STEVE: Aber welches Land vertreten diese Leute?

FORBES: Sie repräsentieren kein Land. Sie handeln auf Antrieb ihres persönlichen Egoismus und …

TEMPLE: Sie meinen, diese Leute handeln mit Staatsgeheimnissen, unabhängig davon, aus welchem Land sie kommen?

FORBES: Ja. Nachdem Hardwick nach Schottland zurückgekehrt war, ahnte der britische Geheimdienst, dass Z.4 oder einer seiner Agenten ihn kontaktieren würde.

TEMPLE: Aber ich verstehe das nicht. Wenn sich der Hardwick-Schutzschirm bereits als Fehlschlag erwiesen und das Kriegsministerium ihn abgelehnt hat, warum sollte Z.4 daran interessiert sein?

STEVE:	Ich hab's! Sie haben die Meldung verbreitet, dass der Test erfolgreich war, weil Sie wussten, dass Z.4 unter diesen Umständen fast zwangsläufig Hardwick kontaktieren würde.
FORBES:	Sie sind sehr klug, Steve. Grob gesagt, ja, das war die Idee.
TEMPLE:	Und das war auch eine verdammt gute Idee.
FORBES:	Aber wir haben es nicht dabei belassen. Ein junger Mann namens Hammond, ein brillanter Forschungschemiker und ebenfalls Mitglied des britischen Geheimdienstes, hatte sich von Anfang an für den Hardwick-Schutzschirm interessiert. Er interessierte sich auch – wie jeder andere im Geheimdienst – für die Identität von Z.4. Hammond, oder David Lindsay, wie er sich nannte, entdeckte als cleverer junger Mann, dass Iris Archer – Ihre Freundin, die Schauspielerin –, Mitglied der Organisation Z.4 ist.
STEVE:	(*Entsetzt und überrascht*) Iris?
FORBES:	Er machte sich an sie heran und schon bald arbeitete er Seite an Seite mit ihr und stand auch in direktem Kontakt mit Hardwick.

Es klopft an der Tür.

FORBES:	Was ist?

Das Klopfen ertönt erneut.

STEVE:	(*Zu TEMPLE*) Da ist jemand an der Tür, Darling.

TEMPLE geht hinüber, öffnet die Tür und schaut hinaus.

TEMPLE:	Da ist niemand.
FORBES:	Da liegt ein Brief auf dem Boden, Temple.

TEMPLE bückt sich und hebt den Brief auf.

TEMPLE:	(*Überrascht*) Gütiger Himmel …
FORBES:	Was ist los?
TEMPLE:	Das ist der Brief, den Lindsay mir gegeben

hat. Ich erkenne den Umschlag.

FORBES: Man scheint ihn nicht geöffnet zu haben.

STEVE: Seltsam, dass man ihn so zurückgibt – unge-
öffnet!

FORBES: (*Zu TEMPLE*) Geben Sie mir den Brief!

*TEMPLE gibt FORBES den Umschlag. FORBES reißt den Um-
schlag auf und liest.*

FORBES: Hören Sie sich das an! (*Liest*) »Identität von
Z.4 selbst bei wichtigen Mitgliedern der Organisation unbekannt. Glaube, dass Z.4 in
Schottland ist und wahrscheinlich innerhalb
der nächsten drei Wochen Kontakt mit dem
Hauptquartier aufnehmen wird. Wurde ge-
zwungen, mit Hardwick im Namen von Z.4 zu
arbeiten. John Hardwick jetzt Gefangener in
Skerry Lodge.«

TEMPLE: Hm … Sieht nach einem doppelten Spiel aus.

FORBES: Mein Gott, Temple! Hören Sie sich das an!
(*Liest*) »Schutzschirm von ausgesprochenem
Wert und großer Bedeutung. Strahl fast ausge-
reift. Hardwick muss unbedingt gerettet wer-
den. Kontaktieren Sie sofort Major Forster –
N. H.«

TEMPLE: (*Wiederholt*) Bildschirm von ausgesprochenem Wert – Strahl fast ausgereift.

FORBES: Ich muss sofort telefonieren.

*Bevor FORBES etwas unternehmen kann, klopft es erneut an
der Tür.*

TEMPLE: Herein!

Die Tür öffnet sich und MRS. WESTON tritt ein.

TEMPLE: Ja, Mrs. Weston, was gibt es?

MRS. WESTON: Entschuldigen Sie, Sir, aber Mrs. Temple wird
am Telefon verlangt – aus London.

STEVE: (*Überrascht und verwundert*) Ich werde am
Telefon verlangt?

MRS. WESTON:	Das ist richtig. Man hat nicht gesagt, wer spricht.
TEMPLE:	Aber niemand weiß, dass du hier bist, Steve.
STEVE:	Nein, nein, natürlich nicht.
FORBES:	Das ist verdammt komisch, wenn Sie mich fragen. Ich komme mit Ihnen mit, Steve, dann kann ich meinen Anruf machen, wenn Sie fertig sind.
STEVE:	Ja, in Ordnung. (*Zu* TEMPLE) Es dauert nur eine Minute, Darling.
TEMPLE:	Ja, in Ordnung, Steve.

STEVE, FORBES und MRS. WESTON gehen und die Tür schließt sich. Es gibt eine Pause, während TEMPLE durch den Raum geht und vor sich hinsummt. Plötzlich geht die Tür wieder auf und IRIS ARCHER tritt ein.

IRIS:	Darf ich reinkommen?
TEMPLE:	(*Perplex*) Was denn, Iris?
IRIS:	Überrascht?
TEMPLE:	Nun, es ist ein weiter Weg von Südfrankreich nach hierher.
IRIS:	Bietest du mir einen Platz an, oder muss ich es im Stehen erklären?
TEMPLE:	Selbstverständlich … Nimm Platz!

IRIS setzt sich. TEMPLE bleibt stehen.

IRIS:	Wo ist Steve?
TEMPLE:	Sie ist unten und telefoniert. Sie wird nicht lange brauchen. (*Pause*) Also, was hat dich nach Schottland geführt, Iris?
IRIS:	Schätzchen, ich wusste nicht, was ich tun sollte. Mein Arzt sagte, ich solle nach Cornwall fahren, ich wollte an die Riviera, also …
TEMPLE:	… hast du die goldene Mitte gewählt und bist nach Schottland gereist.
IRIS:	(*Lacht*) Genau! – Hast du Feuer?

TEMPLE geht zum Kaminsims, um eine Schachtel Streichhöl-

zer zu holen.

IRIS: Oh, tut mir leid, ich habe dir gar keine Zigarette angeboten.

TEMPLE: Vielen Dank!

TEMPLE nimmt eine Zigarette und zündet seine und die von IRIS an.

IRIS: Wann seid ihr angekommen?

TEMPLE: Gegen sieben Uhr. Und du?

IRIS: Ich bin gestern aus Glasgow gekommen. Eine furchtbare Reise. Es ist das erste Mal, dass ich in Schottland bin. Ich kann nicht gerade sagen, dass es mir gefällt.

TEMPLE: Jetzt ist es natürlich auch die falsche Jahreszeit.

IRIS: Ja, Schätzchen, aber es ist so öde.

TEMPLE: Es gibt schlimmere Orte.

IRIS: Wie lange bleibt ihr hier?

TEMPLE: Wir dachten daran, morgen früh abzureisen.

IRIS: Das ist sehr klug. Es ist so ein furchtbares Wetter, nicht wahr?

TEMPLE: Schrecklich.

Eine Pause.

IRIS: Hast du Seaman wegen des Stücks geschrieben?

TEMPLE: Ja und er hat sich sehr fair deshalb verhalten.

IRIS: Oh, gut. Das Stück hat, wenn es später in diesem Jahr startet, eine viel bessere Erfolgschance. Meinst du nicht auch?

TEMPLE: Wahrscheinlich.

IRIS: Paul, du weißt, warum ich hier bin, nicht wahr?

TEMPLE: (*Seine Stimme wird schwach*) Ja, Iris, ich weiß, weshalb du gekommen bist.

IRIS: Ich will diesen Brief – und zwar sofort.

TEMPLE: (*Seine Stimme wird noch schwächer*) Tatsäch-

	lich, Iris? (*Eine Pause*) Wenn der Brief so … so … (*Er scheint Schwierigkeiten beim Sprechen zu haben*)
IRIS:	Was ist los?
TEMPLE:	Ich – ich weiß es nicht. Mein Kopf – er dreht sich! Mein Gott, was hast du getan? Da ist ein pochendes Geräusch wie … wie …

TEMPLE stolpert über einen Stuhl.

IRIS:	Bist du müde?
TEMPLE:	(*Schwach*) Was ist das? Was hast du … getan?
IRIS:	(*Ruhig*) Die Zigarette.
TEMPLE:	Die Zig… Die Zi-ga-re-tte …

TEMPLE stolpert quer durch den Raum und stößt gegen den Tisch. Als er auf den Boden fällt, reißt er das Teeservice mit sich zu Boden. Es gibt einen gewaltigen Krach.

IRIS:	(*Zu sich selbst*) Gut, wir haben keine Zeit zu verlieren. Ich muss diesen Brief finden!

IRIS beginnt, die Taschen von TEMPLE zu durchsuchen.

IRIS:	Uhr, Führerschein … Was ist das – eine Versicherungspolice …

Während IRIS weiter sucht, bemerkt sie nicht, dass sich die Tür wieder geöffnet hat.

DR. STEINER:	Sie scheinen etwas zu suchen, gnädige Frau. Kann ich Ihnen irgendwie behilflich sein?
IRIS:	(*Dreht sich plötzlich um, überrascht*) Wer zum Teufel sind Sie?
DR. STEINER:	Gestatten Sie mir, dass ich mich vorstelle? Mein Name ist Steiner. Dr. Ludwig Steiner.

Aufblenden der Schlussmusik.

ABBLENDEN.

ENDE VON EPISODE 2.

Episode 3
Anleitung für einen Mord

AUFBLENDEN.

<u>Temples Zimmer im *The Royal Gate.*</u>

IRIS: (*Zu sich selbst*) Gut, wir haben keine Zeit zu verlieren. Ich muss diesen Brief finden!

IRIS beginnt, die Taschen von TEMPLE zu durchsuchen.

IRIS: Uhr, Führerschein … Was ist das – eine Versicherungspolice …

Während IRIS weiter sucht, bemerkt sie nicht, dass sich die Tür wieder geöffnet hat.

DR. STEINER: Sie scheinen etwas zu suchen, gnädige Frau. Kann ich Ihnen irgendwie behilflich sein?

IRIS: (*Dreht sich plötzlich um, überrascht*) Wer zum Teufel sind Sie?

DR. STEINER: Gestatten Sie mir, dass ich mich vorstelle? Mein Name ist Steiner. Dr. Ludwig Steiner.

IRIS: Was machen Sie hier? Was wollen Sie?

DR. STEINER: Ich bin gekommen, um mit Mr. Temple zu sprechen, aber es scheint, dass ich ein wenig – zu früh gekommen bin.

IRIS kramt in ihrer Handtasche und holt eine Pistole hervor, die sie auf DR. STEINER richtet.

IRIS: (*Plötzlich*) Gehen Sie weg von der Tür!

DR. STEINER: Wie bitte'?

IRIS: (*Schroff*) Ich habe gesagt, sie sollen von der Tür weggehen!

DR. STEINER: (*Etwas nervös*) Ich hoffe, der Revolver ist nicht geladen, Madam.

IRIS: Wenn Sie nicht tun, was ich sage, dann be-

kommen Sie die Gelegenheit, dies herauszu-
finden.

DR. STEINER: Was ist mit Mr. Temple los?

IRIS: Ihm geht es nicht so gut. Jetzt – (*Bestimmt*) Rüber in die Ecke da!

DR. STEINER: (*Verwirrt*) Aber Sie haben doch …

IRIS: (*Befehlston*) Rüber – in – die – Ecke!

STEINER: Na gut, wenn Sie darauf bestehen ...

DR. STEINER bewegt sich und IRIS setzt ihre Suche in Temples Taschen fort.

IRIS: (*Zu sich selbst*) Nichts in seinen Taschen!

DR. STEINER: Wonach suchen Sie?

IRIS: Wie sagten Sie, war Ihr Name?

DR. STEINER: Steiner, Dr. Ludwig Steiner.

IRIS: Hmm … Ist Temple ein Freund von Ihnen?

DR. STEINER: Madam, Mr. Temple sieht ziemlich mitge-
nommen aus. Ich bitte Sie, lassen Sie uns …

IRIS: Er gehört Ihnen, Doktor! Er gehört völlig Ihnen!

IRIS geht. DR. STEINER nähert sich TEMPLE.

DR. STEINER: Mr. Temple! Mr. Temple … was ist los … was fehlt Ihnen?

TEMPLE kommt langsam wieder zu sich.

TEMPLE: (*Benommen*) Oh, du meine Güte … mein Kopf fühlt sich schrecklich an!

TEMPLE versucht, aufzustehen.

DR. STEINER: Nein, versuchen Sie nicht aufzustehen … Warten Sie einen Moment.

TEMPLE: Es ist gut. Geben Sie mir Ihre Hand.

DR. STEINER: In Ordnung. Aber seien Sie vorsichtig!

DR. STEINER hilft TEMPLE vom Boden auf.

DR. STEINER: Geschafft! Setzen Sie sich jetzt einen Moment in diesen Stuhl.

TEMPLE setzt sich.

TEMPLE: Ist sie weg?

DR. STEINER:	Ja, sie ist weg. Bleiben Sie so. Ich hole Ihnen ein Kissen.
TEMPLE:	In einer Minute bin ich wieder in Ordnung.
DR. STEINER:	(*Überlegt*) Vielleicht hilft ein Drink?
TEMPLE:	Nein, danke. (*Er seufzt*) Ich fühle mich schon ein bisschen besser.

Die Tür öffnet sich und STEVE kommt mit FORBES zurück.

STEVE:	(*Erschrocken*) Paul! Paul! Was ist mit dir los?
TEMPLE:	Es ist nichts, Liebling.
FORBES:	Sie sehen ziemlich mitgenommen aus, Temple. Was zum Teufel ist passiert?
TEMPLE:	Nachdem ihr weg wart, kam Iris hierher … (*Immer noch mitgenommen*) sie hat nach dem Brief gesucht … und …
FORBES:	Immer mit der Ruhe, alter Freund.
STEVE:	(*Zu FORBES*) Das ist Dr. Steiner.
DR. STEINER:	Ich – ich bin nur gekommen, um Hallo zu sagen, Mrs. Temple. Ich habe mich ein wenig einsam gefühlt. Als ich die Tür öffnete, sah ich, dass es Mr. Temple nicht gut ging und dass eine fremde Frau …
FORBES:	(*Unterbricht, schnell*) Wie lange ist das her?
DR. STEINER:	Nur einen Augenblick.
FORBES:	Warten Sie hier. (*Will gehen*)
STEVE:	Es hat keinen Sinn!
FORBES:	Wie meinen Sie das?
STEVE:	Iris ist weg. Ihr Wagen stand draußen, bevor wir runtergingen. Jetzt ist er verschwunden. Sehen Sie … man kann es vom Fenster aus sehen. (*Pause*) Geht es dir besser, Darling?
TEMPLE:	Ja … mir geht es jetzt nicht mehr so schlecht.
FORBES:	Was erzählten Sie vorhin, Dr. Steiner …?
DR. STEINER:	Ich fand hier eine fremde Frau vor, die die Taschen von Mr. Temple durchsuchte. Ich wusste nicht, was ich tun sollte – ich war ganz

	perplex. Plötzlich holte die besagte Dame einen Revolver hervor. Meine Handlungsfähigkeit wurde dadurch etwas eingeschränkt …
TEMPLE:	Langsam glaube ich, dass es ein großes Glück war, dass Sie aufgetaucht sind. Diese junge Dame meinte es ernst. Sie hätte mich umbringen können.
DR. STEINER:	(*Erstaunt*) Aber was hat sie eigentlich hier gemacht? Wonach hat sie gesucht?
FORBES:	Sie hat nach einem Brief gesucht.
DR. STEINER:	Nach einem Brief? (*Denkt nach*) Das muss aber ein sehr wichtiger Brief gewesen sein!
FORBES:	Enorm wichtig.
DR. STEINER:	Mrs. Temple, ich bin eigentlich hergekommen, um Sie und Ihren Mann zu fragen, ob Sie mit mir einen Schlummertrunk nehmen wollen … Unter den gegebenen Umständen wollen Sie vielleicht aber …
STEVE:	Danke, Doktor, aber ich glaube, es wäre besser, wenn Paul ins Bett geht.
DR. STEINER:	(*Verständnisvoll*) Natürlich, natürlich! Das versteht sich von selbst. Gute Nacht, Mr. Temple. Ich hoffe, wir sehen uns wieder, bevor wir abreisen … (*Zu FORBES*) Gute Nacht, Sir.
FORBES:	Gute Nacht.
STEVE:	Gute Nacht, Doktor.
STEINER:	(*Zu STEVE*) Mrs. Temple!

DR. STEINER geht und die Tür wird geschlossen.

TEMPLE:	(*Mit einem Seufzer der Erleichterung*) Jetzt fühle ich mich viel besser.
STEVE:	Ich glaube, du solltest dich noch eine Weile schonen, Darling.
TEMPLE:	Ja, in Ordnung, Steve. Übrigens, wer war das am Telefon?

STEVE:	Genau das würde ich auch gerne wissen. Da war eine Frau am anderen Ende ... Sie ließ mich ewig warten und murmelte dann schließlich etwas von einer falschen Nummer. Trotzdem bin ich mir ziemlich sicher, dass es kein Ferngespräch war.
FORBES:	Der Anruf war fingiert. Wahrscheinlich kam er aus einer örtlichen Telefonzelle. Offensichtlich wollten sie Steve aus dem Weg haben, während Iris ihre Sache durchzieht.
TEMPLE:	Ja, so könnte es gewesen sein. Das hätten wir uns aber auch denken können. Sir Graham, haben Sie sich mit Major Forster in Verbindung gesetzt?
FORBES:	(*Nachdenklich*) Ja, ich habe mich mit Forster in Verbindung gesetzt.
TEMPLE:	Was ist?
FORBES:	(*Grimmig*) Wir sind in einer schwierigen Lage, Temple. Furchtbar schwierig. Und wir brauchen Ihre Hilfe. Es tut mir leid, Steve, weil ich weiß, was Sie darüber denken, aber die Dinge sind ernst – verdammt ernst.
TEMPLE:	(*Neugierig*) Was hat Forster gesagt?
FORBES:	Wenn Hardwick auf dem richtigen Weg ist – und laut Noel Hammonds Bericht ist er das mit Sicherheit –, dann müssen wir ihn unbedingt von Skerry Lodge wegholen.
TEMPLE:	Ja, da stimme ich Ihnen zu.
STEVE:	(*Eine Idee*) Aber Noel Hammond ist doch sicher in Skerry Lodge!
FORBES:	Selbst wenn Hammond noch am Leben ist, was ich stark bezweifle, wird er wahrscheinlich nicht in Skerry Lodge sein.
STEVE:	Das verstehe ich nicht.
TEMPLE:	Sir Graham meint, da sie von dem Brief wis-

	sen, müssen sie offensichtlich wissen, dass Hammond – oder David Lindsay, wie sie ihn nennen – ein britischer Agent ist.
STEVE:	Oh ja, das verstehe ich. Aber wer genau waren diese Männer, die uns auf der Straße angehalten haben?
FORBES:	Der eine war Laurence van Draper und der andere, der sich Lindsay nannte, war ein Gentleman namens Major Guest.
STEVE:	Dann kennen Sie diese Leute?
FORBES:	Oh ja, natürlich. Wir kennen sie alle gut. Die Leute vom Geheimdienst kennen jedes Mitglied der Organisation, mit der bedauerlichen Ausnahme von Z.4 … der einen Person, die wirklich wichtig ist.
STEVE:	Aber wenn der Geheimdienst diese Leute kennt, warum in aller Welt unternimmt man dann nichts gegen sie?
FORBES:	Nun, aus mehreren Gründen, Steve. Zunächst einmal müssen Sie wissen, dass wir es hier nicht mit einer kriminellen Organisation zu tun haben. Diese Leute sind ganz anders als zum Beispiel die Schlagzeilenmänner. Die meisten von ihnen sind gut ausgebildet und erscheinen im Großen und Ganzen durchaus seriös. Nehmen Sie zum Beispiel Iris Archer – eine bekannte Schauspielerin aus dem West End ... Laurence van Draper – wahrscheinlich der berühmteste Philatelist in Europa.
TEMPLE:	(*Erinnert sich jetzt an den Namen*) Ja! Ich dachte, sein Name käme mir bekannt vor.
FORBES:	Und dann ist da noch Major Guest. Er weiß mehr über das Prenz-Maschinengewehr als jeder andere lebende Mensch.
STEVE:	Ja, darüber habe ich gelesen, aber wenn diese

Leute so seriös sind, dann …

FORBES: Moment mal, Steve, ich habe nicht gesagt, dass sie seriös *sind*. Ich habe gesagt, dass sie – in jeder Hinsicht – seriös *erscheinen*. Ich denke, Sie werden mir zustimmen, dass es da einen kleinen Unterschied gibt.

STEVE: Aber wenn diese Leute so bekannt sind, muss es doch einen Grund geben, warum sie bereit sind, ihren Ruf zu riskieren und …

TEMPLE: Ja, das stimmt, Sir Graham. Sie sagten selbst, dass sie kein bestimmtes Land vertreten – und da dies automatisch jeden politischen Faktor auszuschließen scheint …

FORBES: (*Leise*) Es schließt aber Erpressung nicht aus.

STEVE: Erpressung?

TEMPLE: Wie meinen Sie das?

FORBES: Z.4 – wer immer er oder sie auch sein mag – weiß etwas Belastendes über jedes Mitglied der Organisation. Dessen bin ich mir sicher.

TEMPLE: Was macht Sie da so sicher?

FORBES: Erinnern Sie sich an Janet O'Donnell?

TEMPLE: Sie meinen die irische Dichterin? Doch, ja. Sie hat Selbstmord begangen, nicht wahr?

FORBES: Ja, sie zog den Selbstmord einer Mitgliedschaft in der Organisation von Z.4 vor.

STEVE: (*Erstaunt*) Sie meinen, dass Z.4 sie dazu erpresst hat?

FORBES: Ganz genau. Aber Z.4 ist kein Dummkopf. Da darf man sich nicht täuschen. Die Leute werden gut bezahlt. Die erpresserische Seite des Geschäfts sichert lediglich ihre Loyalität.

TEMPLE: Ich kann aber nicht ganz verstehen, warum Hammond oder Lindsay mit Hardwick zusammengearbeitet haben.

FORBES: Hammond war Forschungschemiker. Und

zwar ein sehr brillanter. Z.4 hat dies offensichtlich entdeckt und es sich zunutze gemacht.

FORBES kehrt zu dem Brief zurück und geht ihn nochmals durch.

FORBES: Mein Gott, ich mag den Ton dieses Briefes nicht, Temple. (*Liest*) »… Schutzschirm von ausgesprochenem Wert und großer Bedeutung … Strahl fast ausgereift …« Was auch immer passiert, wir müssen Hardwick von Skerry Lodge wegbekommen!

TEMPLE: Wo genau befindet sich dieses Landhaus – Skerry Lodge?

FORBES: Etwa vier Meilen von hier entfernt – auf der anderen Seite von High Moorford.

STEVE: Sir Graham, was glauben Sie, wer hat den Brief gestohlen?

FORBES: Um die Wahrheit zu sagen, ich neige dazu zu denken, dass es Dr. Steiner war – er scheint ein seltsamer Vogel zu sein. Aber wenn Steiner ein Mitglied der Organisation ist – oder gar Z.4 selbst – warum sollte er den Brief zurückbringen?

Es klopft an der Tür.

STEVE: Herein!

MRS. WESTON tritt ein.

MRS. WESTON: Darf ich die gebrauchten Kaffeetassen mitnehmen?

STEVE: Wir hatten leider ein kleines Missgeschick – eine der Tassen ist zerbrochen. Es tut mir wirklich sehr leid.

MRS. WESTON: Das ist schon in Ordnung, Madam! So etwas kommt vor.

MRS. WESTON sammelt das Kaffeegeschirr ein.

STEVE: Möchtest du etwas zu trinken, Darling?

TEMPLE:	Ja, ich denke, ich nehme einen Brandy mit Soda. (*Zu FORBES*) Was ist mit Ihnen?
FORBES:	Für mich nichts.
MRS. WESTON:	Einen Brandy mit Soda, Sir? Darum kümmere ich mich. Schreckliches Wetter, was?
STEVE:	(*Schnippisch*) Regnet es in Schottland immer so?
MRS. WESTON:	Die ganze Zeit, die ich hier bin – immerzu und wie aus Eimern. (*Sie kichert vor sich hin*) Ich werde Ihren Drink sofort hochschicken, Sir.
TEMPLE:	Vielen Dank.

MRS. WESTON geht und die Tür wird geschlossen.

FORBES:	Temple, es gibt da etwas, das ich Ihnen sagen möchte. Es ist nicht ganz einfach. Ich weiß nicht ganz, wie ich anfangen soll.
TEMPLE:	Ich glaube, ich weiß, was es ist, Sir Graham. Aber bemühen Sie sich nicht, wir reisen morgen früh ab.
FORBES:	Das ist genau der Punkt, ich will nicht, dass Sie abreisen. Steve wird es müssen – das ist unumgänglich. Aber ich brauche Ihre Hilfe, Temple. Ich brauche sie mehr als jemals zuvor in meinem Leben.
TEMPLE:	Wie meinen Sie das?
FORBES:	Als ich hierher kam, sagten mir die Leute vom Geheimdienst, dass meine Aufgabe schwierig sein würde und dass ich jedes Mittel einsetzen könnte, das ich für richtig halte, vorausgesetzt, ich habe Erfolg. (*Eine Pause*) Ich muss Z.4 kriegen, Temple. Egal, was passiert, ich muss Z.4 kriegen!
TEMPLE:	(*Ruhig*) Und wo genau komme ich da ins Spiel?
FORBES:	Nun … Sie haben van Draper und Major

	Guest kennengelernt und …
TEMPLE:	Gibt es nicht noch einen anderen Grund, Sir Graham?
FORBES:	Doch. Die Leute, mit denen wir es zu tun haben, sind sich inzwischen ziemlich sicher, dass Sie Richmond sind – der Mann, für den Hammonds Brief bestimmt war.
TEMPLE:	Ich bin mir da noch nicht so sicher.
STEVE:	(*Leise*) Sir Graham …
FORBES:	Ja, Steve?
STEVE:	Warum wollen Sie mich loswerden, Sir Graham?
FORBES:	Die Lage ist zu riskant. Trotz ihrer – wie soll ich es nennen? – Fassade der Seriosität sind diese Leute verdammt gefährlich.
TEMPLE:	Er hat recht, Liebling.

Eine Pause.

| STEVE: | In Ordnung. Du kannst mich morgen früh nach Aberdeen bringen. Ich glaube, es gibt einen Zug um 12 Uhr 10. Ich werde für ein paar Tage nach Bramley Lodge fahren. |
| TEMPLE: | Ja, in Ordnung, Steve. |

Es klopft an der Tür.

| TEMPLE: | Herein! |

ERNIE WESTON tritt ein.

ERNIE:	Einen Brandy und ein Ginger Ale, Sir.
TEMPLE:	Ich habe um einen Brandy mit Soda gebeten.
ERNIE:	Oh – tut mir leid, Chef, dann gehe ich nochmal und …
TEMPLE:	Ist schon in Ordnung. Stellen Sie ihn hier hin.
ERNIE:	Ja, Sir.
TEMPLE:	(*Gibt ERNIE ein Trinkgeld*) Hier, das ist für Sie.
ERNIE:	Vielen Dank, Sir.
TEMPLE:	Ach, übrigens, Mr. Weston, ich habe heute

	Abend nach dem Essen ein Feuerzeug verloren. Ich frage mich, ob Sie es gesehen haben?
ERNIE:	Nein, leider nicht, Chef.
TEMPLE:	Es ist ein ziemlich gutes Stück und ich würde es nur ungern nicht wiederhaben.
ERNIE:	Ich hab' kein Feuerzeug gesehen – wirklich nicht. Ich weiß nicht, ob Sie denken, dass hier irgendwelche komischen Dinge vor sich gehen, aber …
TEMPLE:	Nein, es ist alles in Ordnung. Ich habe mich nur gefragt, ob sie es gesehen haben, das ist alles. Gute Nacht.
ERNIE:	Gute Nacht, Sir. (*Zu STEVE und FORBES*) Gute Nacht, Madam, Sir!
STEVE:	Gute Nacht.

ERNIE geht und die Tür schließt sich.

FORBES:	Ein lustiger kleiner Teufel. Schön, ein wenig diesen Cockney-Akzent zu hören, obwohl wir hier oben sind …
STEVE:	Darling, ich wusste gar nicht, dass du dein Feuerzeug verloren hast.
TEMPLE:	Habe ich auch nicht.
STEVE:	Aber warum hast du dann …
TEMPLE:	(*Lacht*) Mir war einfach danach!
STEVE:	(*Perplex*) Was?

Es klopft an der Tür.

TEMPLE:	(*Leise*) Wer kann das sein?

Es klopft ein zweites Mal an der Tür.

STEVE:	Herein!

Die Tür öffnet sich und REX BRYANT tritt ein.

TEMPLE:	Was denn, Bryant? Was zum Teufel machen Sie denn hier?
STEVE:	Rex – das ist ja eine Überraschung!
BRYANT:	Reporter kommen gelegentlich etwas herum. Einmal bin ich sogar bis nach Southampton

	gefahren, um einen Schriftsteller zu interviewen, der gerade mit dem *Golden Clipper* gelandet war … aber das ist eine andere Geschichte, wie der Redakteur sagte. (*Zu FORBES*) Hallo, Sir Graham, ich habe Sie erst gar nicht erkannt.
STEVE:	Das ist Rex Bryant – Sir Graham Forbes.
FORBES:	Und was macht Mr. Bryant von der *London Evening Post* in Schottland?
BRYANT:	Nun, das ist eine ziemlich lange Geschichte. Der Chefredakteur wurde sarkastisch – ich wurde sarkastisch. Der Chefredakteur wurde frech – ich wurde frech. Der Chefedakteur wurde wütend – ich wurde …
STEVE:	… rausgeschmissen?
BRYANT:	Nicht ganz. Um es genau zu sagen: Ich habe gekündigt. Aber es war knapp: Meine Zunge bewegt sich ein bisschen schneller als seine. (*Zu TEMPLE*) He, Sie sehen ein bisschen blass aus, Temple.
TEMPLE:	Mir geht es gut, Rex. Aber Sie haben uns immer noch nicht gesagt, warum Sie nach Schottland gekommen sind.
BRYANT:	Natürlich um die Glockenblumen zu sehen. Ich habe übrigens einen kleinen Schock bekommen, als ich Ihren Namen im Gästebuch gesehen habe.
TEMPLE:	Im Gästebuch? Ach ja … Nun, ich denke, es wäre eine gute Idee, wenn wir alle nach unten gehen und etwas trinken würden. Was meint ihr dazu?
BRYANT:	(*Fröhlich*) Warum nicht, Temple? Warum nicht?

AUSBLENDEN.

AUFBLENDEN.

Skerry Lodge.

*Nach dem Aufblenden der Begleitmusik und dem Ausblenden
der Musik hören wir die Stimme von MAJOR GUEST.*

GUEST: Gibt es Neuigkeiten von Iris?

VAN DRAPER: Nein. Ich habe Lust auf einen Drink. Klingle mal nach Ben.

GUEST läutet eine Glocke.

GUEST: Ich habe nachgedacht, Van. Nehmen wir an, Temple ist nicht Richmond und er hat den Brief weitergegeben …

VAN DRAPER: Nun, in diesem Fall können wir nichts mehr tun, jedenfalls nicht was den Brief betrifft.

GUEST: Was stand deiner Meinung nach in dem Brief?

VAN DRAPER: Das weiß ich nicht. Obwohl: Einer Sache können wir uns sicher sein.

GUEST: Welcher?

VAN DRAPER: Hammond entdeckte, dass Hardwicks Strahl doch nicht so ein Reinfall war. Das bedeutete natürlich, dass der Schutzschirm für das Kriegsministerium von Nutzen sein konnte. Und folglich …

GUEST: … folglich werden sich die Leute vom Geheimdienst auf Skerry Lodge stürzen wie – wie … (*Ihm fällt kein Vergleich ein*) Nun, auf jeden Fall werden sie sich auf uns stürzen – und zwar ziemlich bald, wenn du meine Meinung hören willst.

VAN DRAPER: Vorausgesetzt natürlich, dass der Brief Richmond erreicht.

GUEST: Ja, aber selbst wenn das nicht der Fall sein sollte – oder zumindest nicht der Fall war –, müssen wir uns immer noch mit Temple auseinandersetzen.

VAN DRAPER: Das hängt davon ab, ob Iris Erfolg hatte oder

nicht, nicht wahr?

Die Tür öffnet sich und BEN COLLINS tritt ein.

BEN: Ihr habt geläutet?

VAN DRAPER: Ja. Bring mir einen Whisky mit Soda.

BEN geht zur Anrichte und schenkt den Whisky ein, gibt Soda hinzu.

BEN: Ihr habt noch nichts von Z.2 gehört?

GUEST: Nein. Wir erwarten sie jede Minute.

BEN: Wenn sie den Brief nicht hat, sollten wir Hardwick und den Schutzschirm verdammt schnell von hier verschwinden lassen, wenn ihr micht fragt.

GUEST: Ja, das sage ich auch.

VAN DRAPER: Das können wir aber nicht tun. Nicht wenn wir Z.4 erwarten.

BEN: Glaubt ihr, dass Z.4 dieses Mal wirklich ans Tageslicht treten wird?

VAN DRAPER: Das muss er.

GUEST: Aber Hardwick ist mehr oder weniger fertig mit der Arbeit an dem Schutzschirm. Wir sind bereit … – Worauf zum Teufel wartet er also noch?

BEN: Hört mal!

Schritte, die Tür wird geöffnet, IRIS ARCHER tritt ein.

VAN DRAPER: Iris!

GUEST: Wie war es?

IRIS: Temple hat den Brief nicht. Mehr noch, er ist nicht Richmond.

GUEST: Wer ist es dann?

IRIS: Ich weiß es nicht.

VAN DRAPER: Was ist mit Temple passiert? Hast du …?

IRIS: Nein. Ich habe eine der Zigaretten benutzt. Es ist sinnlos, ihn aus dem Weg zu räumen, wenn er sich nicht einmischen will.

Plötzlich öffnet sich die Tür und MRS. MOFFAT tritt ein.

VAN DRAPER: Mrs. Moffat! – Was ist los?

GUEST: Du hättest nicht herkommen sollen.

MRS. MOFFAT: Ich habe meine Anweisungen von Z.4 erhalten.

TEMPLE: Wie lauten sie?

MRS. MOFFAT liest von einem Zettel ab, den sie in der Hand hält.

MRS. MOFFAT: (*Liest*) »Paul Temple und seine Frau fahren morgen früh mit dem Wagen nach Aberdeen.«

GUEST: Und?

MRS. MOFFAT: (*Liest*) »Sie dürfen Aberdeen nicht lebend erreichen.« (*Ist mit dem Lesen fertig*) Das ist alles.

GUEST: Aber wie zum Teufel können wir sie aufhalten?

BEN: Da gibt es doch eine Brücke, oder? Nicht weit von Skellyfore.

VAN DRAPER: Eine Brücke? Was zum Teufel hat eine Brücke damit zu tun?

BEN: Bist du jemals von Inverdale aus mit dem Auto nach Aberdeen gefahren?

VAN DRAPER: Nein. Das bin ich nicht.

BEN: Es gibt da eine Brücke, die etwa zwei Meilen von einem Dorf namens Skellyfore entfernt ist. Gleich hinter der Brücke befindet sich eine böse Kurve, *Hell's Elbow* – Höllenbogen – wird sie glaube ich genannt. Eine der schlimmsten Kurven, die man sich vorstellen kann. Wenn man auf die Brücke fährt, sticht einem gleich ein großes Warnschild wegen der Kurve in die Augen. … Wenn dieses Gefahrenzeichen nun irgendwie abhanden käme und ein Auto in der Kurve geparkt wäre …

VAN DRAPER: Das ist eine verdammt gute Idee!

GUEST: Ja, aber vielleicht ist es nicht tödlich.

BEN:	Es ist mit Sicherheit tödlich, wenn man etwas in das parkende Auto steckt.
VAN DRAPER:	Du meinst – Sprengstoff! So dass, wenn Temples Wagen auf den anderen knallt … Mein Gott, Ben, das ist eine Idee! Das ist sicherlich eine Idee!
IRIS:	(*Lobend*) Ben, ich hätte nicht gedacht, dass du solch einen Verstand hast.
VAN DRAPER:	(*Nachdenklich*) Ich frage mich, woher Z.4 weiß, dass die Temples morgen nach Aberdeen fahren wollen.
GUEST:	Die Nachricht scheint darauf hinzudeuten, dass Z.4 im Gasthof wohnen muss, nicht wahr?
VAN DRAPER:	Ja. Das stimmt.

AUSBLENDEN.

AUFBLENDEN.

Die Straße nach Aberdeen. Hinter Skellyfore.

Nach Ein- und Ausblenden der Begleitmusik hören wir das Geräusch eines Wagens, der mit hoher Geschwindigkeit fährt.

STEVE:	Paul, du fährst aber sehr schnell.
TEMPLE:	Tut mir leid, Liebling, ich bremse gleich ein wenig herunter.
STEVE:	Wie hieß das Dorf, durch das wir gerade gefahren sind?
TEMPLE:	Irgendetwas mit »Skelly…«. Skellyfore, glaube ich.

Eine Pause.

STEVE:	Paul …
TEMPLE:	Ja, Liebling?
STEVE:	Du – du wirst doch auf dich aufpassen, oder?
TEMPLE:	Natürlich werde ich das. Gütiger Himmel, Steve, es gibt nichts, worüber du dir Sorgen machen müsstest.

STEVE:	Warum, glaubst du, ist Rex Bryant nach Inverdale gekommen?
TEMPLE:	Ich habe nicht die leiseste Ahnung.
STEVE:	Seine Geschichte mit dem Rausschmiss klang nicht sehr überzeugend, oder?
TEMPLE:	Oh, ich weiß nicht.
STEVE:	Paul, ich glaube, dass Sir Graham Dr. Steiner verdächtigt.
TEMPLE:	Dr. Steiner … Hm …
STEVE:	Was bedeutet das genau?
TEMPLE:	Das bedeutet unter anderem, dass Steiner mit dem Gästebuch richtig lag.
STEVE:	Du meinst, dass du dich doch darin eingetragen hast?
TEMPLE:	Nein. Der Wirt brachte ein neues heraus, damit der Doktor sich eintragen konnte, und fügte ein paar Namen aus dem alten Register hinzu – auch unseren.
STEVE:	Dann hat Dr. Steiner wirklich unsere Namen gesehen?

Ein Wagen, der hinter dem Wagen der Temples fährt, hupt.

| STEVE: | Halt an, Liebling. Da ist ein Auto, das uns überholen will. |
| TEMPLE: | Hier kann es mich nicht überholen. Es ist viel zu eng. Außerdem ist vor uns eine Brücke. |

Das Geräusch des zweiten Wagens wird lauter, je näher es kommt. Die Hupe ertönt immer noch.

STEVE:	Lass ihn lieber vorbei, bevor wir auf der Brücke sind.
TEMPLE:	Sei nicht albern. Warum sollte ich?
STEVE:	Irgendwann musst du ihn sowieso vorbei lassen, Paul.
TEMPLE:	In Ordnung – ich tue alles, um diese schreckliche Hupe loszuwerden. Komm schon, du Verkehrsrowdy!

Der zweite Wagen fährt am Wagen von TEMPLE *vorbei.*

STEVE: Vielleicht ist es ein Arzt oder so etwas, der auf dem Weg zu einem Notfall ist …

TEMPLE: Mit Sicherheit hat er es eilig, sein Ziel zu erreichen.

Eine Pause.

TEMPLE: (*Plötzlich*) Mein Gott! Da ist eine Kurve auf der anderen Seite der Brücke!

STEVE: (*Erschrocken*) Bremsen, Paul! (*Schreit*) Bremsen!

TEMPLE *betätigt schnell die Bremse.*

TEMPLE: (*Entsetzt*) Der da vorne fährt zu schnell! Er wird es nicht schaffen, rechtzeitig zu bremsen.

STEVE: (*Ängstlich*) Oh, Paul!

Wir hören das Geräusch eines kolossalen Zusammenstoßes des Wagens, der Temple überholt hat, und jenes Wagens, der in der Kurve von den Gangstern platziert wurde. Auf den Zusammenstoß folgt eine schreckliche Explosion.

TEMPLE: Komm mit, Steve!

ÜBERBLENDUNG.

In der Kurve Hell's Elbow.

Wir hören das Geräusch eines brennenden Wagens. TEMPLE *und* STEVE *stehen in der Nähe.*

STEVE: (*Aufgeregt, mitleidig*) Oh, Paul … der arme Kerl … Es ist schrecklich!

TEMPLE: Wir können hier nichts mehr tun, um zu helfen, Steve.

STEVE: Aber wer um alles in der Welt hat das Auto in einer solchen Position stehen lassen … und in dieser furchtbaren Kurve? Das war Wahnsinn!

TEMPLE: (*Ruhig*) Das war für uns bestimmt, Steve!

STEVE: (*Erschrocken*) Für uns? Du meinst, man wollte uns …

TEMPLE: Komm mit, Liebling. Wir fahren zurück nach

Inverdale.
AUSBLENDEN.

AUFBLENDEN.

Im *The Royal Gate.*

FORBES kommt herein. MRS. WESTON, die offenbar etwas oder jemanden sucht, bemerkt ihn nicht.

FORBES: (*Räuspert sich*) Hallo, Mrs. Weston, ist etwas nicht in Ordnung?

MRS. WESTON: (*Dreht sich um*) Oh, Sie sind es, Mr. Richmond. Ich habe Sie gar nicht reinkommen hören.

FORBES: Kann ich Ihnen irgendwie helfen?

MRS. WESTON: (*Verzweifelt*) Ja ... Ernie! Er ist ... Er ist verschwunden.

FORBES: Kommen Sie, Mrs. Weston, reißen Sie sich zusammen! Er wird schon wieder auftauchen. Er hat wahrscheinlich ein paar Freunde getroffen oder ...

MRS. WESTON: Aber ich verstehe das nicht. So etwas hat er noch nie gemacht. Wir sind seit fast sechzehn Jahren verheiratet und Ernie war noch nie auch nur eine Stunde weg, ohne mir Bescheid zu sagen. Er war nie einer, der so etwas gemacht hat – er mochte immer seine Bequemlichkeiten zu Hause und ... und ...

FORBES: Wann haben Sie Ihren Mann das letzte Mal gesehen?

MRS. WESTON: Letzte Nacht. Wir hatten für die Nacht abgeschlossen und machten uns mehr oder weniger bettfertig, als Ernie plötzlich sagte, er würde mit dem Hund spazieren gehen. Das war das letzte Mal, dass ich ...

MRS. WESTON bricht in Tränen aus. DR. STEINER betritt den Raum.

DR. STEINER:	(*Besorgt*) Was ist denn los? Kann ich Ihnen behilflich sein?
FORBES:	Es geht um Mr. Weston.
DR. STEINER:	Unseren geschätzten Wirt? Er ist doch nicht krank, oder?
FORBES:	Nicht ganz. Aber – er ist verschwunden.
DR. STEINER:	Verschwunden? Aber das ist unmöglich. Ich habe ihn doch gestern Abend noch gesehen. Er hat mir kurz vor dem Abendessen mein Bier serviert …
FORBES:	Ja, aber seitdem wurde er nicht mehr gesehen.
STEINER:	Ach?

REX BRYANT tritt ein.

BRYANT:	Sie sprechen nicht zufällig von dem kleinen Cockney, der hier war, als ich ankam?
FORBES:	Doch. (*Zu MRS. WESTON*) Mrs. Weston, als Ihr Mann spazieren ging, schien er da gute Laune zu haben? Er war nicht zufällig beunruhigt?
MRS. WESTON:	Äh – nein – ich glaube nicht.
FORBES:	Wann war das genau – können Sie sich daran erinnern?
MRS. WESTON:	Nun, soweit ich das beurteilen kann, gegen elf.
BRYANT:	Sie meinen, dieser Mann ist gestern Abend um elf Uhr ausgegangen und wurde seitdem nicht mehr gesehen?
FORBES:	(*Ignoriert die Frage, zu MRS. WESTON*) Wie war er gekleidet?
MRS. WESTON:	Er hatte seine blaue Wollhose an – und eine alte Sportjacke – und, ich glaube, einen weißen Schal.

Die Tür wird geöffnet und TEMPLE und STEVE treten ein.

FORBES:	Hallo, Temple. Hallo, Steve – ich dachte …
TEMPLE:	(*Zu FORBES*) Ich muss Sie sofort sprechen – kommen Sie mit in unser Zimmer. (*Zu MRS.*

	WESTON) Könnte ich den Schlüssel haben, Mrs. Weston? Nummer 172.
MRS. WESTON:	Sie haben also beschlossen, uns doch nicht zu verlassen, Mrs. Temple? Das ist gut.
STEVE:	(*Bemerkt, dass MRS. WESTON geweint hat*) Stimmt etwas nicht, Mrs. Weston?
FORBES:	Mrs. Weston ist sehr beunruhigt.
TEMPLE:	Warum? Was ist los?
FORBES:	Weston ist gestern Abend gegen elf Uhr fortgegangen – und seitdem nicht mehr gesehen worden.
STEVE:	Sie meinen, er ist – verschwunden?
FORBES:	Ja. Es sieht so aus.
TEMPLE:	Oh, aber das ist unmöglich! (*Zu MRS. WESTON*) Machen Sie sich keine Sorgen, Mrs. Weston. Er wird schon wieder auftauchen.
MRS. WESTON:	Vielen Dank, Sir. (*Holt den Schlüssel und gibt ihn TEMPLE*) Hier ist Ihr Schlüssel.
TEMPLE:	(*Nimmt den Schlüssel*) Vielen Dank! (*Zu STEVE*) Kommst du, Steve?
FORBES:	Lassen Sie mich Ihren Koffer tragen, Steve.
DR. STEINER:	Ich hoffe, wir sehen Sie beide später wieder?
STEVE:	Aber ja, natürlich, Doktor.
BRYANT:	Ich würde gerne mit Ihnen sprechen, Temple, wenn es geht.
TEMPLE:	Ja, in Ordnung. Kommen Sie in etwa zehn Minuten in mein Zimmer.

AUSBLENDEN.

AUFBLENDEN.

<u>Temples Zimmer im *The Royal Gate.*</u>
Die Tür wird geöffnet. TEMPLE, STEVE und FORBES kommen ins Zimmer.

STEVE:	Stellen Sie den Koffer irgendwo ab, Sir Graham.

TEMPLE schließt die Tür.

FORBES: Temple, was in aller Welt hat Sie dazu ge-
            bracht, es sich anders zu überlegen, und nicht
            nach Aberdeen zu fahren? Da muss es doch
            einen Grund geben …

TEMPLE: Haben Sie jemals von *Hell's Elbow* gehört,
            Sir Graham?

FORBES: Ja, das ist diese üble Kurve, etwa zwei Meilen
            von Skellyfore entfernt, nicht wahr?

TEMPLE: Genau. Nun, jemand hat in der Kurve ein
            Auto geparkt – und wenn ein armer Teufel in
            einem Sportwagen nicht versucht hätte, sich
            mit seinem Wagen so aufzuspielen und …

STEVE: (*Erschrocken, unterbricht*) Seht euch den
            Schrank an!

TEMPLE: Was ist damit?

STEVE: Ich meine … auf dem Boden davor … Da ist
            etwas rote Farbe oder Tinte oder so etwas …
            Es sieht aus, als ob …

TEMPLE: Das ist keine Farbe.

FORBES: Wir öffnen besser die Tür, Temple.

FORBES versucht, die Tür zu öffnen, aber sie ist verschlossen.

FORBES: Das ist verdammt seltsam. Wir müssen sie mit
            Gewalt öffnen.

TEMPLE: Lassen Sie mich das machen. (*Holt Taschen-
            messer heraus*) Mit diesem Taschenmesser
            hier klappt das meistens.

*Nach einigen Augenblicken des Herumhantierens gelingt es
TEMPLE, die Schranktür zu öffnen. Die Leiche von ERNIE
WESTON fällt heraus.*

FORBES: Was zum …?

STEVE: (*Erschrocken*) Paul, das ist Ernie Weston!

FORBES: Temple, ist er …?

TEMPLE: (*Bückt sich zur Leiche*) Ja. Er ist tot. Und er
            muss es sofort gewesen sein.

STEVE:	(*Entsetzt*) Oh, Paul, wie schrecklich … wie schrecklich!
FORBES:	Passen Sie auf, Temple, sie wird ohnmächtig!
TEMPLE:	(*Fängt STEVE auf*) Ist schon gut, Steve, ich habe dich!
STEVE:	Alles … alles in Ordnung.
TEMPLE:	Ja, aber ich denke, du solltest dich lieber einen Moment setzen.
STEVE:	Ja. Ja, in Ordnung, Darling.
TEMPLE:	(*Begleitet sie zum Sessel*) So, komm, setz dich hierhin. (*Eine Pause*) Ist da irgendetwas bei der Leiche, Sir Graham?
FORBES:	Er hat etwas in seiner Hand. Es sieht für mich aus wie eine Uhrkette.
TEMPLE:	Lassen Sie mich sehen. (*Kniet sich neben die Leiche*) Ja, es ist wirklich eine Uhrkette. (*Nachdenklich*) Ich habe sie auch schon mal irgendwo gesehen.
FORBES:	Jetzt, wo Sie es erwähnen, glaube ich, dass ich sie auch schon einmal gesehen habe.
STEVE:	(*Denkt nach*) Diese Uhrkette … (*Aufgeregt*) Ich weiß, wem sie gehört!
TEMPLE:	Steve, beruhige dich, Liebling!
STEVE:	Aber ich kenne diese Kette! Sie ist mir schon oft aufgefallen.
FORBES:	Oh! Wem gehört sie?
STEVE:	Sie gehört Rex Bryant.
TEMPLE:	Rex Bryant?

Aufblenden der Schlussmusik.
ABBLENDEN.

ENDE VON EPISODE 3.

Episode 4
Verabredet mit der Gefahr

AUFBLENDEN.

     Temples Zimmer im The Royal Gate.

FORBES:	Passen Sie auf, Temple, sie wird ohnmächtig!
TEMPLE:	(*Fängt STEVE auf*) Ist schon gut, Steve, ich habe dich!
STEVE:	Alles … alles in Ordnung.
TEMPLE:	Ja, aber ich denke, du solltest dich lieber einen Moment setzen.
STEVE:	Ja. Ja, in Ordnung, Darling.
TEMPLE:	(*Begleitet sie zum Sessel*) So, komm, setz dich hierhin. (*Eine Pause*) Ist da irgendetwas bei der Leiche, Sir Graham?
FORBES:	Er hat etwas in seiner Hand. Es sieht für mich aus wie eine Uhrkette.
TEMPLE:	Lassen Sie mich sehen. (*Kniet sich neben die Leiche*) Ja, es ist wirklich eine Uhrkette. (*Nachdenklich*) Ich habe sie auch schon mal irgendwo gesehen.
FORBES:	Jetzt, wo Sie es erwähnen, glaube ich, dass ich sie auch schon einmal gesehen habe.
STEVE:	(*Denkt nach*) Diese Uhrkette … (*Aufgeregt*) Ich weiß, wem sie gehört!
TEMPLE:	Steve, beruhige dich, Liebling!
STEVE:	Aber ich kenne diese Kette! Sie ist mir schon oft aufgefallen.
FORBES:	Oh! Wem gehört sie?
STEVE:	Sie gehört Rex Bryant.
TEMPLE:	Rex Bryant?

FORBES: Sie hat recht, Temple! Ich erinnere mich, dass er sie trug, als er letzte Nacht hier ankam.

TEMPLE: (*Nachdenklich*) Ja. Sonst gibt es hier nichts zu finden. (*Überrascht*) He, was ist das?

FORBES: Sieht aus wie ein Ehering.

TEMPLE: (*In Gedanken*) Ja.

STEVE: Sieht auch ziemlich teuer aus.

FORBES: Was zum Teufel sollte Ernie Weston mit einem Ehering aus Platin anfangen?

TEMPLE: (*Sanft*) Hm … Das bestätigt eher, was ich dachte.

STEVE: Sir Graham, Sie glauben doch nicht, dass Ernie Weston etwas mit dieser anderen Sache zu tun hat, oder?

FORBES: (*In Gedanken*) Ich weiß es nicht, Steve. Ich muss zugeben, dass ich im Moment nicht weiß, was ich denken soll.

Es klopft an der Tür.

STEVE: Das ist wahrscheinlich Rex Bryant. Erinnere dich, er wollte mit dir sprechen, Paul.

TEMPLE: Ja.

FORBES: Lassen Sie ihn hereinkommen!

STEVE: Herein, Rex!

Die Tür öffnet sich und REX BRYANT tritt ein.

BRYANT: (*Gut gelaunt*) Tut mir leid, dass ich so hereinplatze. (*Erstaunt*) Oh, ist irgendwas nicht in Ordnung? (*Eine Pause*) Ach du meine Güte!

FORBES: Das ist Ernie Weston.

BRYANT: Mein Gott! Ist er tot?

FORBES: Ja, er ist tot.

BRYANT: Aber was ist passiert? Wie kommt er hierher? Verdammt noch mal, stehen Sie nicht da und starren mich an, als ob … Moment mal, woher haben Sie diese Uhrkette?

FORBES: Haben Sie sie schon einmal gesehen?

BRYANT:	Aber natürlich habe ich sie schon gesehen. Es ist meine.
STEVE:	Sie leugnen es gar nicht?
BRYANT:	Ich leugne es gar nicht? Natürlich leugne ich es nicht! Warum, zum Teufel, sollte ich?
TEMPLE:	Als wir Weston fanden, hatte er diese Uhrkette in seiner Hand.
BRYANT:	In seiner Hand?
TEMPLE:	Es sieht so aus, als hätte es eine Art Kampf gegeben.
BRYANT:	(*Etwas erschrocken*) Mein Gott, Temple, Sie glauben doch nicht, dass ich etwas damit zu tun habe?
TEMPLE:	Die Uhrkette, Rex, ist ein Beweis – ein ziemlich wichtiger Beweis, würde ich sagen.
BRYANT:	Ich weiß nicht, ob dies ein Scherz sein soll, Temple! Guter Gott, Mann, warum sollte ich Weston töten? Ich habe den Kerl nie zuvor gesehen – jedenfalls nicht, bevor ich hierher kam.
FORBES:	Und was ist mit der Uhrkette? Wie erklären Sie sich das?
BRYANT:	Ich – ich habe sie verloren. Gestern Abend, als ich ins Bett ging, habe ich bemerkt, dass sie nicht in meiner Weste war.
FORBES:	Haben Sie das jemandem gegenüber erwähnt?
BRYANT:	Nein. Ich dachte, sie wäre herausgerutscht – der Verschluss war locker – dann passiert das manchmal. (*Plötzlich*) Moment mal! Doch, ich habe es erwähnt – gegenüber Dr. Steiner. Er erzählte mir von einigen goldenen Manschettenknöpfen, die er verloren hatte, und wir fragten uns …
TEMPLE:	Sie fragten sich was?
BRYANT:	Nun, wir dachten tatsächlich, dass die Man-

99

	schettenknöpfe und die Uhrenkette vielleicht – denselben Weg genommen hatten …
STEVE:	Sie meinen, Sie dachten, dass sie vielleicht beide von derselben Person gestohlen wurden?
BRYANT:	Ja – und das können Sie mir glauben, Temple.
TEMPLE:	Ich habe meine eigenen Vorstellungen von dieser Angelegenheit, Rex. Aber ich möchte, dass Sie uns sagen, warum Sie überhaupt nach Schottland gekommen sind.
BRYANT:	(*Langsam*) Warum ich nach Schottland kam?
TEMPLE:	Ja.

Eine Pause.

BRYANT:	Ich kam nach Schottland wegen eines Mannes namens Hardwick – John Hardwick.
FORBES:	(*Hellhörig*) Hardwick! Was zum Teufel wissen Sie über Hardwick?
TEMPLE:	(*Nachhakend*) Nun, Rex?
BRYANT:	Vor etwa einer Woche, Sir Graham, betrat ein Mann die Büros der *Evening Post*. Er wirkte ungepflegt und schlampig, aber trotz seiner Kleidung hatte er eine gewisse – wie soll ich sagen? – eine gewisse »Ausstrahlung« an sich. Er wollte den Nachrichtenredakteur sprechen, aber Cosgrove war in einer seiner »Lasst-mich-alle-in-Ruhe«-Stimmungen und er schickte mich hinaus, um mich mit dem Kerl zu unterhalten. Er lädt diese Art von Arbeit gerne bei mir ab. Ich könnte Ihnen Dinge über Cosgrove erzählen, die …
FORBES:	Schon gut, schon gut! Fahren Sie mit Ihrer Geschichte fort!
BRYANT:	Nun, bei dieser Gelegenheit erzählte mir der Mann eine verdammt interessante Geschichte. Zunächst einmal sagte er, sein Name sei

Hardwick – Hubert C. Hardwick – und dass sein Bruder John Hardwick eine Art Nebelwand erfunden habe, die in Verbindung mit einer Erfindung namens »Inverdale-Strahl« das Kriegsministerium in helle Aufregung versetzt hatte. Ich hatte bereits von John Hardwick gehört und wusste genau, dass das Kriegsministerium die Erfindung abgelehnt hatte, weil sich der Inverdale-Strahl als Fehlschlag erwiesen hatte.

TEMPLE: Wusste Hubert Hardwick das?

BRYANT: Ja. Aber das ist das Besondere an der Sache. Nachdem die Erfindung abgelehnt worden war, kehrte John Hardwick anscheinend nach Inverdale zurück und begann von neuem mit der Arbeit an dem Strahl. Etwa zwei oder drei Monate später versuchte sein Bruder – der Mann, mit dem ich gesprochen habe – mit ihm in Kontakt zu treten, was ihm zu seiner Überraschung nicht gelang. Er kam für zwei oder drei Wochen nach Inverdale, in der Hoffnung, für kurze Zeit in Skerry Lodge wohnen zu können, aber er kam nicht weiter als bis zum Haupttor. In seiner Verzweiflung kehrte er also nach London zurück.

FORBES: Ist dieser Hubert C. Hardwick ein reicher Mann?

BRYANT: Ganz im Gegenteil. Er hat keinen roten Heller.

FORBES: Fahren Sie fort.

BRYANT: Nun, da gibt es eigentlich nicht viel mehr zu erzählen. Hubert Hardwick war davon überzeugt, dass sein Bruder gefangen gehalten wurde, und er hoffte, dass wir uns die Mühe machen würden, die Sache zu untersuchen, und ihm für das Privileg, dies zu tun, eine ziemlich beträchtliche Summe zahlen würden. Ich fürchte, der arme Teufel wusste nicht viel über die Fleet Street.

STEVE: Was hat Cosgrove zu all dem gesagt?

BRYANT: Sie kennen Cosgrove genauso gut wie ich, Steve. Ich glaube, er dachte, ich hätte alles nur erfunden. Ich versuchte, ihn davon zu überzeugen, dass die Geschichte einen Absatz wert ist, aber er wollte nicht einmal zuhören. Etwa zwei Wochen später habe ich die Zeitung verlassen. Um ganz ehrlich zu sein, Temple, war es an dem Tag, nachdem ich Sie in Southampton getroffen hatte. Natürlich war ich ziemlich niedergeschlagen – ich war seit fast zehn Jahren bei der *London Evening Post* – und unter uns gesagt, versuchte ich meine Sorgen wegzuspülen. Spät in der Nacht und rein zufällig lief ich dabei Hubert C. Hardwick über den Weg. Ich war ziemlich betrunken, als wir uns trafen, und in den ersten paar Stunden habe ich, glaube ich, nicht einmal realisiert, wer er zum Teufel war. Jedenfalls war er seit unserem ersten Treffen in Inverdale gewesen, aber er hatte wenig Erfolg gehabt. Skerry Lodge wurde bewacht wie Woolwich Arsenal, die Rüstungsfirma. Es war völlig unmöglich, sich dem Ort zu nähern. Nun, um es kurz zu machen, das alles hat mich ziemlich neugierig gemacht. Es schien mir, als ob ein erstklassiger Knüller nur darauf wartete, entdeckt zu werden.

FORBES: (*Schlussfolgernd*) … und so kamen Sie nach Schottland.

BRYANT: Ganz genau, Sir Graham.

TEMPLE:	Waren Sie seit Ihrer Ankunft in der Nähe von Skerry Lodge?
BRYANT:	So sicher, wie das Amen im Gebet.
TEMPLE:	Was ist das für ein Ort?
BRYANT:	Es sieht eher wie eine mittelalterliche Burg aus und befindet sich in den Hügeln an einem kleinen See – Loch Abafford nennt man ihn, glaube ich.
TEMPLE:	Haben Sie sich dem Haus genähert?
BRYANT:	Eigentlich habe ich es gar nicht versucht. Hubert Hardwicks Frontalangriff war gescheitert, also beschloss ich, mir erst einmal einen Überblick zu verschaffen, bevor ich mich nähere.
STEVE:	(*Leise*) Paul, meinst du nicht, einer von uns sollte mit Mrs. Weston sprechen und …?
TEMPLE:	Ja, daran habe ich auch schon gedacht, Steve. Ich denke, es wäre am besten, wenn du ihr die Nachricht überbringen würdest. Du scheinst besser mit ihr umgehen zu können als wir.
STEVE:	Ja, in Ordnung. Ich werde zu ihr gehen. Oh je, das wird sie sehr aufregen.

STEVE geht zur Tür, öffnet sie und geht. Dann schließt sie die Tür.

FORBES:	(*Gibt BRYANT die Uhrkette zurück*) Da haben Sie Ihre Uhrkette wieder, Bryant. Ich würde in Zukunft besser darauf aufpassen.
BRYANT:	Hören Sie, Sir Graham, ich weiß nicht, ob Sie immer noch glauben, dass ich irgendetwas mit dieser Sache zu tun habe, aber ich versichere Ihnen bei meinem Ehrenwort, dass …
TEMPLE:	(*Hält BRYANT den Ring hin*) Haben Sie das schon einmal gesehen?
BRYANT:	Nein. Was ist das? Sieht aus wie ein Ehering.
TEMPLE:	Ja, vermutlich ist er das.

BRYANT:	Wo haben Sie den her?
TEMPLE:	Wir haben ihn gefunden – bei Weston.
BRYANT:	Nein, den habe ich definitiv noch nie gesehen.
TEMPLE:	(*Wechselt das Thema*) Weswegen wollten Sie mich eigentlich sprechen?
BRYANT:	Ich denke, das sollten wir auf später verschieben. Es ist nicht sehr wichtig …
TEMPLE:	Gut. Dann könnten Sie ja mal nach unten gehen und sehen, wie Steve mit Mrs. Weston zurechtkommt. Sie könnte Ihre Unterstützung sicher brauchen. Ich fürchte, das wird ein furchtbarer Schock für die Dame sein.
BRYANT:	In Ordnung.

BRYANT geht zur Tür, öffnet sie, geht durch und schließt sie hinter sich.

FORBES:	Die Sache wird ernst, Temple – verdammt ernst. Wir müssen Hardwick von Skerry Lodge wegbringen – und vor allem müssen wir Z.4 fassen.
TEMPLE:	Wenn es John Hardwick gelungen ist, den Inverdale-Strahl zu perfektionieren, hat er seinen Zweck erfüllt – zumindest was Z.4 betrifft.
FORBES:	Ja, aber laut dem Brief, den wir von Lindsay, oder besser gesagt von Hammond, erhalten haben, hat er ihn nicht perfektioniert. Zumindest nicht ganz. Wir können es immer noch rechtzeitig schaffen, Temple.
TEMPLE:	Haben Sie den Brief hier, Sir Graham?
FORBES:	Ja.

FORBES holt den Brief hervor und gibt ihn TEMPLE. Dieser nimmt ihn und liest ihn laut.

TEMPLE:	(*Liest*) »Identität von Z.4 selbst bei wichtigen Mitgliedern der Organisation unbekannt. Glaube, dass Z.4 in Schottland ist und wahr-

scheinlich innerhalb der nächsten drei Wochen mit dem Hauptquartier Kontakt aufnehmen wird.«

FORBES: … Hauptquartier. Ich frage mich, ob Hammond Skerry Lodge damit meinte.

TEMPLE: Das weiß ich nicht. Wenn die Identität von Z.4 unbekannt ist, wie will er dann Kontakt mit der Organisation aufnehmen? Sie müssen ihn doch an irgendetwas erkennen …

FORBES: Z.4 hat ihnen wahrscheinlich eine Art Passwort gegeben, damit sie ihn – oder sie – sofort erkennen, wenn er sie kontaktiert.

TEMPLE: Sie glauben nicht zufällig, dass Iris Archer Z.4 ist?

FORBES: Das weiß ich nicht, Temple.

TEMPLE: (*Ruhig*) »Es sieht eher wie eine mittelalterliche Burg aus« … Das ist es doch, was Bryant über Skerry Lodge sagte, nicht wahr?

FORBES: Ja.

TEMPLE: Klingt interessant. Ich denke, es wäre eine gute Idee, wenn Steve und ich dorthin fahren würden.

FORBES: Um Gottes willen, gehen Sie kein Risiko ein. (*Eine Pause*) Temple …

TEMPLE: Ja?

FORBES Wer hat Ihrer Meinung nach Weston ermordet?

TEMPLE: Z.4.

FORBES: Aber – warum?

TEMPLE: Ganz genau, Sir Graham. Aber warum?

FORBES: Glauben Sie, dass Ernie Weston ein Mitglied der Organisation war?

TEMPLE: Ich bin mir fast sicher, dass er es nicht war.

Es klopft an der Tür. Die Tür wird geöffnet und DR. STEINER tritt ein.

DR. STEINER: Darf ich hereinkommen, Mr. Temple?

TEMPLE: Dr. Steiner! Aber ja, bitte sehr.

DR. STEINER: Das ist eine furchtbare Sache, nicht wahr? Ich habe gerade Mrs. Temple gesehen, sie hat mir von … von diesem armen Kerl erzählt.

TEMPLE: Dr. Steiner, stimmt es, dass Sie in der Nacht, als Sie hier ankamen, ein Paar Manschettenknöpfe verloren haben?

DR. STEINER: (*Überrascht*) Ja! Ja, das ist wahr. Aber warum fragen Sie? (*Hoffnungsvoll*) Hat man sie vielleicht gefunden?

TEMPLE: Nein. Leider hat man das nicht. Aber ich denke, Sie werden sie schon zurückbekommen.

DR. STEINER: Ich hoffe es. Ich hoffe es aufrichtig.

FORBES: Dr. Steiner, gestatten Sie mir, Ihnen eine etwas ungewöhnliche Frage zu stellen?

Eine kleine Pause.

DR. STEINER: Aber natürlich. Nur zu.

FORBES: Was machen Sie in Schottland?

DR. STEINER: In Schottland? Warum? Ich bin im Urlaub.

TEMPLE: Ich habe Sie ja noch gar nicht vorgestellt, das hier ist …

FORBES: (*Unterbricht*) Mein Name ist Richmond. John Richmond.

DR. STEINER: Und ich heiße Steiner – Dr. Ludwig Steiner, Professor für Philosophie an der Universität von Philadelphia.

ABBLENDEN.

AUFBLENDEN.

Skerry Lodge.

Nach dem Ein- und Ausblenden von Musik ertönt die Stimme von VAN DRAPER.

VAN DRAPER: (*Gereizt*) Aber meine Güte, du hast den Wagen doch kommen sehen, Guest. Warum, zum

	Teufel, hast du nicht versucht, ihn zu stoppen?
GUEST:	Ihn zu Stoppen? Rede doch nicht so einen verdammten Unsinn. Der Idiot muss mindestens sechzig Meilen pro Stunde gefahren sein!
BEN:	(*Gereizt*) In Ordnung, in Ordnung. Es gibt keinen Grund, das alles noch einmal durchzukauen.
VAN DRAPER:	Was ist los?

Die Tür wird geöffnet und IRIS kommt herein.

IRIS:	(*Stimmt BEN zu*) Dazu besteht nicht der geringste Grund!
GUEST:	Oh, du bist also zurück. Was ist mit Temple?
IRIS:	Er ist wieder im *The Royal Gate*.

IRIS schenkt sich einen Drink ein.

IRIS:	(*Zu BEN*) Die Idee mit dem Auto war doch nicht so gut, was, Ben?
BEN:	Alles wäre gut gegangen, wenn nur dieser verdammte Idiot von einem Fahrer nicht auf das Gaspedal getreten und Temple überholt hätte.
IRIS:	Was ist mit dem Mann passiert? Hat er es überlebt?
BEN:	(*Leise*) Er hat das gekriegt, was Temple bekommen sollte.
GUEST:	Langsam glaube ich, dass Temple einer dieser Glückspilze ist, die man nicht außer Gefecht setzen kann.
VAN DRAPER:	Wenn Temple noch im *The Royal Gate* ist, solltest du dich besser um ihn kümmern, Iris.
IRIS:	(*Energisch*) Das kommt nicht in Frage. Ich kann nicht dorthin zurück – jedenfalls nicht jetzt.
GUEST:	(*Zu VAN DRAPER*) Natürlich kann sie das nicht, Laurence.
VAN DRAPER:	Wir müssen uns um Temple kümmern. Der

erste Versuch schlug fehl, beim zweiten darf das nicht noch einmal passieren.

MRS. MOFFAT: In der Tat!

VAN DRAPER: (*Überrascht*) Mrs. Moffat!

MRS. MOFFAT schließt die Tür.

GUEST: Was machst du hier?

MRS. MOFFAT: Ihr müsst Hardwick wegschaffen.

VAN DRAPER: Warum?

GUEST: Was ist passiert?

BEN: (*Ängstlich*) Mein Gott! Sag nicht, dass die Polizei …

IRIS: (*Zu MRS. MOFFAT*) Haben Sie Anweisungen von Z.4 erhalten?

MRS. MOFFAT: Ja. (*Pause*) Aber es gibt keinen Grund zur Beunruhigung, wir müssen nur Hardwick und den Schutzschirm von Skerry Lodge wegbringen.

VAN DRAPER: (*Sachte*) Aber – warum?

MRS. MOFFAT: Wegen Temple.

VAN DRAPER: Das verstehe ich nicht.

MRS. MOFFAT: Paul Temple wird hierher kommen.

GUEST: (*Überrascht*) Hierher?

VAN DRAPER: Woher wissen Sie das?

MRS. MOFFAT: Von Z.4.

BEN: Und was sollen wir tun?

MRS. MOFFAT: Van Draper und Guest können Hardwick zur Hütte hinunterbringen. Sie müssen ihn dort festhalten, bis Sie Nachricht von Ben erhalten.

BEN: Und was soll ich währenddessen tun?

MRS. MOFFAT: Du wirst Mr. Temple unterhalten.

BEN: … Temple unterhalten!

MRS. MOFFAT: Wenn Temple kommt, bittest du ihn herein und führst ihn dann in den Keller.

VAN DRAPER: In den Keller?

BEN: Mein Gott! Du willst doch nicht, dass ich den

	Keller flute?
MRS. MOFFAT:	Genau das will ich. Stelle nur sicher, dass Temple im Keller ist, bevor das Wasser das erste Gitter erreicht.
GUEST:	(*Erfreut*) Dann sitzt er wie eine Ratte in der Falle!
BEN:	Die Idee ist gut, wenn wir Temple in den Keller kriegen.
MRS. MOFFAT:	Das kriegst du schon hin, wenn du deinen Kopf benutzt.
BEN:	(*Abwesend, in Gedanken*) Ja … Ja …
VAN DRAPER:	(*Plötzlich*) Wir sollten besser damit anfangen, den Schutzschirm einzupacken.
BEN:	Moment mal! Was zum Teufel soll ich tun, wenn das alles vorbei ist?
MRS. MOFFAT:	Du triffst dich mit Iris an der Kreuzung bei High Moorford. Sie wird dich zur Hütte bringen. (*Zu IRIS*) Verstanden, Iris?
IRIS:	Sieht so aus, als ob ich die Rolle in Temples neuem Stück doch nicht bekommen werde.
BEN:	(*Zu GUEST*) Hilf mir mit der Pumpe. Es dauert verdammt lange, bis sie in Gang kommt.
STEVE:	In Ordnung.
IRIS:	(*Schroff*) Ich bin dann weg. Wir sehen uns später, Ben.
BEN:	Okay. Und um Himmels willen, sei rechtzeitig da!
MRS. MOFFAT:	(*Zu VAN DRAPER*) Ich glaube nicht, dass Hardwick Schwierigkeiten machen wird, aber wenn er es tut, dann wisst ihr, was zu tun ist.
VAN DRAPER:	Keine Sorge wegen Hardwick! Wir werden schon mit ihm fertig.
GUEST:	Ich verstehe nicht, warum zum Teufel wir Hardwick in die Hütte bringen sollen – nur wegen Temple! Wenn wir Temple aus dem

Weg räumen wollen, warum in alles in der Welt …

MRS. MOFFAT: Wir können kein Risiko eingehen. Nicht, wenn es um Paul Temple geht.

GUEST: Hm, vielleicht hast du recht.

IRIS: Kommen Sie auch zur Hütte hinunter, Mrs. Moffat?

MRS. MOFFAT: Ich kann nicht – wegen Z.4. Vielleicht braucht er mich.

AUSBLENDEN.

AUFBLENDEN.

<u>Skerry Lodge.</u>

Nach dem Auf- und Abblenden von Musik Überblendung auf das Geräusch von Schritten auf einem Schotterweg.

TEMPLE: Bei Timothy, Bryant hatte recht mit diesem Ort.

STEVE: (*Nervös*) Darling, meinst du nicht, wir sollten erst einmal von der Seite auf das Haus zuge-hen, bevor wir es auf der Vorderseite versu-chen?

TEMPLE klingelt an der Tür.

TEMPLE: Ich fürchte, dafür ist es zu spät, mein Schatz.

STEVE: Oh, Paul!

TEMPLE: Es ist gut, Steve. Du brauchst keine Angst zu haben.

Eine Pause.

STEVE: Kannst du etwas hören?

TEMPLE: Sch! (*Man hört Schritte von innen*) Da kommt jemand.

Die Tür öffnet sich.

BEN: (*Zeigt sich von seiner besten Seite, sehr freundlich*) Guten Abend, Sir.

TEMPLE: Guten Abend. Ich würde gerne Mr. Hardwick sprechen. Mein Name ist …

110

BEN: Mr. Hardwick ist im Moment sehr beschäftigt, Sir, aber wenn Sie so freundlich wären, mir hier entlang zu folgen.

TEMPLE: Vielen Dank. Komm, Steve.

Die Tür wird geschlossen. Es folgt eine Pause. Wir sind im Haus, eine Innentür wird geöffnet.

BEN: Welchen Namen soll ich sagen, Sir?

TEMPLE: Temple … Paul Temple.

BEN: Gewiss, Sir, einen Moment, Sir.

BEN geht und die Tür wird geschlossen.

STEVE: (*Unbehaglich*) Paul, wir hätten nicht herkommen sollen.

TEMPLE: (*Leise*) Es ist alles in Ordnung, Liebling. Es gibt nichts, wovor du Angst haben musst.

TEMPLE nimmt den Raum aufmerksam in Augenschein.

TEMPLE: Was für ein hübsches, ansehnliches Haus … Und man lässt es sich hier auch gut gehen! – Hier hat es sicherlich eine Art Party gegeben. Sieh dir doch all diese Zigarettenstummel im Aschenbecher an.

STEVE: Ich habe Sir Graham gar nicht gesehen, als wir den Gasthof verließen. Ich hoffe, du hast ihm gesagt, dass wir hierher fahren.

TEMPLE: Sir Graham hat telefoniert. Es war etwas ziemlich Wichtiges, nehme ich an. (*Plötzlich*) Wie es aussieht, muss Hardwick ein Vermögen wert sein. Sieh Dir doch nur dieses Bild an!

In der Ferne sind Schritte zu hören.

STEVE: Was ist das?

TEMPLE: Er kommt zurück!

Die Tür öffnet sich und BEN tritt ein.

BEN: Mr. Hardwick ist sehr beschäftigt, Sir, aber wenn Sie sich ins Labor begeben würden, könnte er vielleicht einen Moment für Sie

	entbehren.
TEMPLE:	Ja, natürlich. Komm mit, Steve.
BEN:	Lassen Sie Ihre Sachen ruhig hier, Sir. Sie können sie auf dem Rückweg wieder mitnehmen.
TEMPLE:	Sehr gut. Ich danke Ihnen.

AUSBLENDEN.

AUFBLENDEN.

Im Keller von Skerry Lodge.

Man hört Schritte, die eine Treppe herunterkommen und BENs Stimme.

BEN:	Hier entlang, Sir … hier entlang, Madam.

BEN öffnet eine Tür und TEMPLE und STEVE folgen ihm in einen anderen Raum.

BEN:	Mr. Hardwick wird gleich kommen.
TEMPLE:	Vielen Dank.

BEN geht und schließt die Tür.

STEVE:	Paul – mir gefällt dieser Raum nicht.
TEMPLE:	Ich kann auch nicht gerade sagen, dass er mich verzückt.

TEMPLE geht zur Tür hinüber und probiert, den Griff zu betätigen.

STEVE:	(*Ängstlich*) Paul – was ist?
TEMPLE:	Er hat uns eingeschlossen!

TEMPLE hantiert einen Moment lang an dem Türgriff.

TEMPLE:	Mein Gott, Steve, wir hätten mehr Verstand haben sollen!
STEVE:	Aber – warum haben sie das getan? Das verstehe ich nicht.
TEMPLE:	Aus genau demselben Grund, aus dem sie das Auto am *Hell's Elbow* stehen ließen. Offensichtlich war unser Besuch nicht die Überraschung, die ich erwartet hatte.
STEVE:	Können wir die Tür nicht aufbrechen?

TEMPLE:	Nicht *diese* Tür, fürchte ich.
STEVE:	Paul, schau! Warum ist sie am Boden abgedichtet?
TEMPLE:	Ich weiß es nicht.

Eine Pause. Leises Wasserrauschen im Hintergrund.

STEVE:	Was ist los?
TEMPLE:	Ich dachte, ich hätte da etwas gehört.
STEVE:	(*Erschrocken*) Paul – schau! Sieh dir den Luftschacht an! Da kommt Wasser durch!
TEMPLE:	Ach du meine Güte. Das war es also.
STEVE:	(*Ängstlich*) Sie – sie fluten den Raum!

Man kann jetzt deutlich hören, wie das Wasser in den Raum fließt.

TEMPLE:	(*Schreit*) Öffnen Sie die Tür!

TEMPLE beginnt, gegen die Tür zu hämmern.

TEMPLE:	(*Laut*) Öffnen Sie diese Tür, sage ich!
STEVE:	Oh, Paul, wir müssen hier irgendwie raus!
TEMPLE:	(*Brüllt*) Aufmachen, sage ich! Lasst uns raus!
STEVE:	Oh, Darling …
TEMPLE:	(*Resigniert*) Es hat keinen Sinn, fürchte ich. Wir müssen einfach abwarten und sehen, was passiert.

Das Wasser strömt weiter in den Raum.

TEMPLE:	Hast du Angst, Liebes?
STEVE:	Ja, das habe ich. Ich geb's gerne zu.
TEMPLE:	(*Kalkuliert*) Bei diesem Tempo sollten wir etwa eine Stunde Zeit haben. Möglicherweise auch länger – das ist schwer zu sagen.

STEVE zittert.

TEMPLE:	Ist dir kalt?
STEVE:	(*Sehr verängstigt*) Ja.
TEMPLE:	Steve.
STEVE:	Ja, Darling.
TEMPLE:	Es tut mir furchtbar leid wegen dieser Sache. Dass es so gekommen ist. Ich hätte besser auf

dich hören sollen.

STEVE: Sei nicht albern, Paul. Es lässt sich einfach nicht ändern, das ist alles. Wir müssen es einfach gemeinsam durchstehen.

TEMPLE: Ja, ich fürchte, wir können nichts anderes tun, außer zu warten.

STEVE: Ich nehme an, dieser Raum liegt auf der Seeseite.

TEMPLE: Ja, das muss er. (*Eine Pause*) Es ist schon komisch ... Ich habe mich oft gefragt, wie man unter solchen Umständen reagiert ... Ich dachte eigentlich immer ... (*Plötzlich*) Was ist los, Liebes?

STEVE: Nichts. Ich habe nur nachgedacht – das ist alles.

TEMPLE: Nachgedacht? Worüber?

STEVE: Erinnerst du dich an unseren ersten Sommer, Darling?

TEMPLE: Als wir auf Capri waren?

STEVE: Ja – Capri. Der blaue Himmel ... die hübschen kleinen Häuser ... dieser verrückte kleine Dampfer ... und der Esel.

TEMPLE: Ah ja, der Esel. Was für ein sturer Kerl ... (*Eine Pause*) Es tut mir so leid, dass ich dich in diesen Schlamassel hineingezogen habe, Liebling.

STEVE: Ist schon gut.

TEMPLE springt plötzlich auf.

TEMPLE: Großer Gott! Wir reden so, als ob die ganze Sache vorbei und es aus mit uns wäre! Wir haben uns das selbst eingebrockt und wir werden uns da auch wieder rausholen!

TEMPLE klopft erneut an die Tür.

TEMPLE: (*Laut*) Hallo! Ist da jemand?!!

STEVE: Es hat keinen Sinn, Paul. Was können wir

114

tun?

TEMPLE: (*Schreit weiter*) Hallo!!! Ist da jemand?!!! (*Hört auf, nachdenklich*) Ich fürchte, bei dieser Tür ist es aussichtslos. Aber vielleicht können wir das Wasser aufhalten.

TEMPLE zieht seinen Mantel aus.

TEMPLE: Halte meinen Mantel für einen Moment, Steve.

STEVE: Was hast du vor?

TEMPLE: Das Eindringen des Wassers zu verhindern. (*Zu sich selbst*) Wenn ich es nur schaffen würde, einen dieser Gitterroste zu schließen … (*Zu STEVE*) Gib mir meinen Mantel, Liebling. Wenn es mir nur gelingen würde, den Wasserfluss hier zu blockieren.

STEVE: Aber was ist mit dem anderen Gitterrost?

TEMPLE versucht, eine Seite mit seinem Mantel zu blockieren, um den Wasserfluss zu behindern.

TEMPLE: Wenn ich wenigstens diese Seite hier blockieren kann, dann können wir noch ein bisschen länger durchhalten. (*Eine Pause*) So, geschafft! Das wär's!

STEVE: (*Plötzlich*) Paul!

TEMPLE: Was ist?

STEVE: Hast du nichts gehört?

TEMPLE: (*Lauscht*) Nein … und ich glaube leider nicht, dass mein Mantel noch lange halten wird …

STEVE: Paul – hör doch!

FORBES: (*Off, ruft von draußen*) Temple! Temple! Wo sind Sie? Temple! Können Sie mich hören?!

TEMPLE: Mein Gott! Es ist Sir Graham! Wir müssen zusehen, dass er uns hört, Steve! (*Ruft nach draußen*) Sir Graham! Sir Graham, wir sind hier!

STEVE: (*Ruft*) Hier sind wir!

TEMPLE fängt wieder an, gegen die Tür zu hämmern, während er weiter schreit.

STEVE: Wir müssen uns beeilen – das Wasser strömt schon wieder in Strömen!

TEMPLE: (*Ruft*) Sir Graham! Sir Graham! Sir Graham! (*Zu STEVE*) Schnell, gib mir den Stuhl, Steve!

STEVE: Was hast du vor?

TEMPLE: Sieh mal! Da ist ein Deckenfenster über der Tür! Es ist so schmutzig, dass ich es gar nicht bemerkt habe … Wenn ich es zerschlage, kann Sir Graham uns vielleicht besser hören.

STEVE: Viel Glück!

TEMPLE stößt den Stuhl gegen das Deckenfenster und das Glas zerspringt.

STEVE: (*Besorgt*) Oh, du hast dich geschnitten, Darling.

TEMPLE: Es ist nichts. Mir geht es gut. (*Ruft laut*) Sir Graham! Sir Graham! Sir Graham!

FORBES: (*Off, draußen*) Wo zum Teufel sind Sie, Temple?

TEMPLE: Wir sind am Ende des Korridors. Um Gottes willen, beeilen Sie sich!

Es sind Schritte zu hören, die auf den Raum zugehen.

FORBES: (*Off, vor der Tür*) Treten Sie von der Tür zurück!

TEMPLE: Bleib zurück, Steve!

Von der anderen Seite sind mehrere heftige Schläge gegen die Tür zu hören. Schließlich gibt eine Platte der Tür nach.

FORBES: Temple! Da sind Sie ja!

STEVE: (*Erleichtert*) Oh, Sir Graham, Gott sei Dank!

FORBES: Bleiben Sie jetzt zurück, während ich dieses verdammte Schloss aufbreche.

SIR GRAHAM schlägt mit voller Wucht gegen das Schloss, das daraufhin zerbricht. Die Tür springt auf. Dabei strömt Wasser aus dem Raum und läuft über FORBES' Füße.

FORBES:	(*Perplex*) Was zum …? Sagen Sie, Temple, was ist hier los?
TEMPLE:	Das erklären wir später. Lassen Sie uns einfach von hier verschwinden.
FORBES:	Ja, gut, kommen Sie.
TEMPLE:	Haben Sie jemanden von ihnen gefasst?
FORBES:	Ja. Wir haben Ben Collins und Iris Archer verhaftet.
TEMPLE:	Iris?
FORBES:	Ja, sie saß in einem Auto an der Kreuzung von High Moorford und wartete offensichtlich dort, um Collins abzuholen.
TEMPLE:	Kommen Sie, Sir Graham – lassen Sie uns zurückgehen.

AUSBLENDEN.

AUFBLENDEN.

Temples Zimmer im *The Royal Gate.*

Nach dem Ein- und Ausblenden der Zwischenmusik ertönt die Stimme von IRIS.

IRIS:	Wirklich, Paul, ich kann mir beim besten Willen nicht vorstellen, worum es hier geht.
TEMPLE:	(*Leise*) Setz dich, Iris.
IRIS:	Aber ich habe nichts getan.
BEN:	Sie haben nichts gegen mich in der Hand! Ich weiß nichts – über gar nichts.
TEMPLE:	(*In strengem Ton*) Wohin wurde Hardwick gebracht?
BEN:	Ich weiß es nicht. (*Wütend*) Ich weiß auch nicht, was zum Teufel das alles soll!
TEMPLE:	Das werden Sie bald, mein Freund.
FORBES:	(*Wiederholt*) Wohin wurde Hardwick gebracht?
BEN:	Mein Gott, hören Sie auf, mir immer die gleichen dummen Fragen zu stellen.

Plötzlich öffnet sich die Tür und DR. STEINER und REX BRYANT
treten ein.

DR. STEINER: Ich habe gehört, dass Sie mich sehen wollen, Mr. Temple.

TEMPLE: Ah, Doktor! Kommen Sie herein! Und Sie auch, Rex.

BRYANT: Ich hoffe, ich störe nicht. Aber Steve sagte, Sie wollten mit mir sprechen.

FORBES: Dr. Steiner, ist das die junge Dame, die bei Mr. Temple war, als …

DR. STEINER: (*Erkennt sie*) Ja, natürlich! Aber natürlich …

FORBES: (*Zeigt auf BEN, zu DR. STEINER*) Haben Sie diesen Mann schon einmal gesehen, Doktor?

DR. STEINER: Nein … nicht, dass ich wüsste.

FORBES: Was ist mit Ihnen, Bryant?

BRYANT: Nein, ich habe ihn noch nie gesehen.

FORBES: Aber Iris Archer haben Sie natürlich schon einmal gesehen?

BRYANT: Einen Abend lang war ich mal Theaterkritiker. Und ich fürchte, Miss Archer war eines meiner – äh – Opfer. Ich möchte die Gelegenheit nutzen, um mich zu entschuldigen.

IRIS: (*Unfreundlich*) Sie können sich die Worte sparen!

DR. STEINER: Mr. Richmond, Sie müssen mir verzeihen, aber ich fürchte, ich verstehe nicht …

FORBES: Mein Name ist nicht Richmond, Sir. Ich heiße Forbes – Sir Graham Forbes von Scotland Yard.

DR. STEINER: (*Überrascht*) Sir Graham Forbes? Von Scotland Yard? Das erklärt eine ganze Menge.

BEN: (*Wütend*) Das erklärt nicht, was zum Teufel ich hier mache.

TEMPLE: Ich denke, Sie haben doch eine ziemlich gute Vorstellung davon.

118

IRIS: Hör zu, Paul, wenn das ein Scherz sein soll,
               dann ist er langsam nicht mehr lustig.
TEMPLE: Ich bin geneigt, dem zuzustimmen, Iris – es ist
               auch kein Scherz. Ein Mann wurde gestern in
               der Nähe von Skellyfore getötet.
IRIS: Ich weiß nicht, wovon du sprichst.

Die Tür öffnet sich und MRS. WESTON tritt ein.

MRS. WESTON: Dieses Telegramm wurde soeben zugestellt.
               Ich frage mich, ob es für einen von Ihnen be-
               stimmt ist.
FORBES: Das nehme ich, Mr. Weston. Vielen Dank.
MRS. WESTON: Es ist an jemanden namens Forbes adressiert.
               Ich habe dem Zusteller gesagt, dass niemand
               mit diesem Namen hier wohnt, aber er hat da-
               rauf bestanden, es dazulassen.
FORBES: Das ist schon in Ordnung so, Mrs. Weston.
               Machen Sie sich darüber keine Sorgen. Und
               jetzt gehen Sie bitte.

*FORBES schiebt MRS. WESTON praktisch aus der Tür und
schließt sie dann. Eilig öffnet er das Telegramm. Während er
es liest, gibt es eine Pause.*

TEMPLE: Was steht drin, Sir Graham?
BEN: (*Unbehaglich, zu FORBES*) Warum zum Teufel
               sehen Sie mich so an?
FORBES: (*Zu BEN*) Ihr Name ist Collins. Roy Benjamin
               Collins. Sie werden wegen Mordes an einem
               Mädchen namens Rita Allenby gesucht.
BEN: Das ist eine Lüge! Eine Lüge, sage ich Ihnen!
               Sie können mir nicht einfach so etwas anhän-
               gen. Sie haben nicht einen einzigen Beweis
               gegen mich!
FORBES: Wir müssen Ihnen nichts anhängen, Ben. Die
               Fakten sprechen für sich.

Eine Pause, in der BEN seine Lage überdenkt.

BEN: Was wollen Sie wissen?

FORBES:	Wohin wurde Hardwick gebracht?
BEN:	Ich weiß es nicht. (*Wütend, abwehrend*) Zum Teufel, lassen Sie mich endlich in Ruhe!
TEMPLE:	Ben, wenn Sie sich zusammenreißen, könnte ich geneigt sein, über den kleinen Zwischenfall von heute Nachmittag hinwegzusehen.
FORBES:	Verstehen Sie denn nicht, Collins, dass Sie uns früher oder später die Wahrheit sagen müssen?
TEMPLE:	Aber ich habe es Ihnen doch schon gesagt: Ich weiß gar nichts.
FORBES:	Woher wussten Sie, dass Temple am Morgen nach Aberdeen fahren würde?

Eine weitere Pause.

BEN:	(*Entschlossen*) In Ordnung! Ist ja gut! Ich werde es Ihnen sagen! Mrs. Moffat hat es uns gesagt. Sie kam zum Haus …
TEMPLE:	(*Überrascht*) Mrs. Moffat!
IRIS:	(*Plötzlich, verzweifelt*) Halt doch die Klappe, Ben! Halt bloß die Klappe! Halte deinen Mund, du verdammter Narr, oder …
TEMPLE:	(*Ruhig*) Fahren Sie fort, Ben … Mrs. Moffat kam zum Haus und …
BEN:	Sie kam zum Haus und erzählte uns, dass sie Anweisungen erhalten hatte von …
IRIS:	Ben, zur Hölle, halte deine Klappe!
TEMPLE:	… dass sie Anweisungen erhalten hatte – von Z.4?
BEN:	Ja … von Z.4.
TEMPLE:	Wie hat Mrs. Moffat die Anweisungen erhalten?
BEN:	Ich – ich kann mich nicht erinnern.
TEMPLE:	(*Sanft, überredet ihn*) Na, kommen Sie schon, Ben …
BEN:	Aber ich sage Ihnen doch: Ich erinnere mich

nicht! Lasst mich hier raus!

FORBES: Wir müssen aber wissen, wie Mrs. Moffat diese Anweisungen erhalten hat.

BEN: (*Hysterisch*) Ich weiß es nicht! Ich weiß es nicht, ich weiß es nicht!

DR. STEINER: (*Unterbricht*) Sir Graham …

FORBES: (*Ungeduldig, verärgert über die Unterbrechung*) Was?

DR. STEINER: Vielleicht würde ein Drink ihn dazu bringen, dass …

BEN: Ja … holen Sie mir einen Drink. Bitte holen Sie mir einen Drink!

FORBES: Na gut. Ich werde die Glocke läuten.

BRYANT: Wenn Sie wollen, kann ich die Treppe hinuntergehen und …

TEMPLE: Das ist nicht nötig, Rex. Ich habe meinen Flachmann hier.

TEMPLE nimmt seinen Flachmann aus der Jackentasche und öffnet den Verschluss.

BEN: Was ist das? Whisky?

TEMPLE: Ja.

BEN: Sie sind ein guter Mann, Mr. Temple.

TEMPLE: (*Gibt BEN den Flachmann*) Hier. Trinken Sie das.

BEN nimmt den Flachmann und trinkt.

FORBES: (*Kichert*) Ich wusste gar nicht, dass Sie immer einen Flachmann mit sich herumtragen, Temple.

TEMPLE: Man kann schließlich nie wissen …

TEMPLE wird plötzlich unterbrochen: BEN geht es schlecht.

TEMPLE: (*Erschrocken*) Ben, was ist los? Was ist denn los?

BEN: Meine Kehle … es ist … es ist …

Plötzlich fällt BEN keuchend und ächzend zu Boden, der Flachmann fällt ihm aus der Hand.

IRIS: (*Erschrocken*) Oh, mein Gott! Seht ihn euch
                   an! Er ist tot!

Eine Pause.

FORBES: (*Ruhig*) Ja, er ist wirklich tot.

TEMPLE: Sir Graham, ich denke, Sie sollten dann wohl
                   das Nötige veranlassen.

TEMPLE hebt den Flachmann auf und übergibt ihn FORBES.

IRIS: Mein Gott, Paul! Du hast ihn getötet! (*Laut*)
                   Du hast ihn getötet!

TEMPLE: (*Ruhig*) Ich habe ihn nicht umgebracht, Iris.
                   Ben wurde von Z.4 getötet.

IRIS: Z.4!

Aufblenden der Schlussmusik.

ABBLENDEN.

ENDE VON EPISODE 4.

Episode 5
Mrs. Moffat erhält Besuch

AUFBLENDEN.

Temples Zimmer im The Royal Gate.

BEN: Was ist das? Whisky?

TEMPLE: Ja.

BEN: Sie sind ein guter Mann, Mr. Temple.

TEMPLE: (*Gibt BEN den Flachmann*) Hier. Trinken Sie das.

BEN nimmt den Flachmann und trinkt.

FORBES: (*Kichert*) Ich wusste gar nicht, dass Sie immer einen Flachmann mit sich herumtragen, Temple.

TEMPLE: Man kann schließlich nie wissen …

TEMPLE wird plötzlich unterbrochen: BEN geht es schlecht.

TEMPLE: (*Erschrocken*) Ben, was ist los? Was ist denn los?

BEN: Meine Kehle … es ist … es ist …

Plötzlich fällt BEN keuchend und ächzend zu Boden, der Flachmann fällt ihm aus der Hand.

IRIS: (*Erschrocken*) Oh, mein Gott! Seht ihn euch an! Er ist tot!

Eine Pause.

FORBES: (*Ruhig*) Ja, er ist wirklich tot.

TEMPLE: Sir Graham, ich denke, Sie sollten dann wohl das Nötige veranlassen.

TEMPLE hebt den Flachmann auf und übergibt ihn FORBES.

IRIS: Mein Gott, Paul! Du hast ihn getötet! (*Laut*) Du hast ihn getötet!

TEMPLE: (*Ruhig*) Ich habe ihn nicht umgebracht, Iris.

	Ben wurde von Z.4 getötet.
IRIS:	Z.4!
DR. STEINER:	Z.4? Aber das verstehe ich nicht. Wer ist dieser Z.4 und was …
BRYANT:	(*Unterbricht DR. STEINER*) Was ist in dem Flachmann, Sir Graham?

FORBES schnuppert an dem Flachmann.
Eine Pause.

FORBES:	Zyankali!
BRYANT:	Zyankali! Kein Wunder, dass der arme Teufel durch die Hölle gegangen ist.
DR. STEINER:	(*Verwundert*) Aber das müssen Sie doch gewusst haben, Mr. Temple.
IRIS:	Natürlich wusste er es!
TEMPLE:	Doktor, glauben Sie wirklich, ich hätte ihm den Flachmann gegeben, wenn ich eine Ahnung von dem Inhalt gehabt hätte?
DR. STEINER:	Nein, nein, natürlich nicht. Ich würde selbstverständlich nicht im Traum daran denken, zu suggerieren, dass …
TEMPLE:	(*Unterbricht ihn*) Ist schon gut, Doktor.
IRIS:	(*Folgert*) Es scheint mir ziemlich offensichtlich zu sein. Wenn Z.4 Ben getötet hat – dann ist Paul Temple Z.4.

FORBES gluckst leicht.

TEMPLE:	Das ist sicherlich eine interessante Theorie, Iris. Eine interessante Theorie, wenn es sonst schon nichts ist.
FORBES:	Ich stimme zu, Temple. Vielleicht würde es einer genauen Prufung nicht standhalten – trotzdem ist es eine Theorie.
IRIS:	(*Schroff*) Kein Grund, so verdammt selbstgefällig zu sein. Wir wissen, dass Temple Ben das Fläschchen gegeben hat, und wir wissen, dass sich Z.4 hier im Gasthof aufhält – jeden-

falls nach dem, was Mrs. Moffat gesagt –

IRIS hört schnell auf, weil sie merkt, dass sie zu viel gesagt hat.

TEMPLE: (*Interessiert*) *Was* hat Mrs. Moffat gesagt?

Eine Pause.

TEMPLE: Iris, du wolltest uns gerade erzählen, was Mrs. Moffat gesagt hat.

IRIS: Nichts. Überhaupt nichts.

TEMPLE: Wärst du dann bitte so nett, uns deine Bemerkung zu erklären?

IRIS: Wenn es hier etwas zu erklären gibt, denkst du nicht, dass du diesen Mord erklären solltest? Woher hast du das Fläschchen?

FORBES: Ja, Temple, woher haben Sie den Flachmann?

TEMPLE: Nun, das ist eine lange Geschichte. Ein Onkel von mir, der ein Antiquitätengeschäft in Bangkok betreibt, hat eine Leidenschaft für diese Fläschchen … chinesische Flachmänner, japanische Flachmänner, russische Flachmänner. Es ist wirklich verblüffend …

TEMPLE macht eine Pause und zündet sich eine Zigarette an.

TEMPLE: Obwohl ich denke, dass es nicht wirklich so verblüffend ist, weil er letzten Endes nicht wirklich mein Onkel ist …

IRIS: (*Wütend*) Tatsächlich!

BRYANT lacht, als er erkennt, dass TEMPLE auf Zeit gespielt hat.

FORBES: Nun … äh … ich denke, wir lassen die Frage nach dem Fläschchen vorerst auf sich beruhen.

IRIS: (*Verärgert*) Warum sollten wir das?

TEMPLE: Nun, weil es eine wichtigere Frage gibt, Iris.

IRIS: Welche wichtigere Frage?

TEMPLE: Wo wurde John Hardwick hingebracht?

IRIS: Keine Ahnung, wovon du sprichst.

TEMPLE:	Weißt du es denn nicht, Iris? Weißt du es wirklich nicht? Vielleicht könnte Mrs. Moffat dich aufklären.
DR. STEINER:	Mrs. Moffat? Wer ist diese Mrs. Moffat?
BRYANT:	Moment mal! Sie meinen doch nicht etwa die Alte im Dorf mit den Gummistiefeln? Die alte Dame in dem kleinen Laden, der gleichzeitig auch ein Postamt ist?
TEMPLE:	Genau die meine ich, Rex!
BRYANT:	Wie um alles in der Welt passt sie in all das hinein?
FORBES:	(*Neugierig*) Sie kennen Mrs. Moffat?
BRYANT:	Nun, ich kenne sie nicht wirklich. Ich war ein paar Mal in ihrem Laden, das ist alles.
FORBES:	Verstehe. (*Eine Pause*) Bryant, wären Sie und Dr. Steiner so nett, uns für eine kurze Zeit alleine zu lassen?
DR. STEINER:	Aber natürlich! (*Zu BRYANT*) Kommen Sie, junger Mann, wir stören hier.
BRYANT:	Es geht doch nichts über einen Wink mit dem Zaunpfahl, (*zu TEMPLE*) nicht wahr, Temple? Ich nehme an, dies ist eine der vielen Gelegenheiten, bei denen die Polizei es nicht für ratsam hält, dass die Presse anwesend ist. Kommen Sie, Doktor, Sie können mir ein großes Glas Ihres Lieblingsbiers ausgeben.

BRYANT und DR. STEINER gehen und schließen die Tür hinter sich.

TEMPLE:	Jetzt aber, Iris …
IRIS:	Jetzt aber was?
TEMPLE:	Wir wollen wissen, wohin sie John Hardwick gebracht haben.
IRIS:	Und wer genau sollen »sie« sein?
TEMPLE:	Hör mal, Iris, wir haben jetzt lange genug um den heißen Brei herumgeredet …

IRIS:	Dann hören wir auf, um den heißen Brei herumzureden.

Eine Pause.

FORBES:	Miss Archer, ich weiß nicht, ob Ihnen das klar ist, aber ich habe einen Haftbefehl gegen Sie.
IRIS:	(*Überrascht*) Mit welcher Begründung?
FORBES:	Versuchter Mord.
IRIS:	(*Tut so, als wäre sie schockiert*) Was?!!
TEMPLE:	Die Zigarette, Iris. Erinnerst du dich an die Zigarette?
IRIS:	(*Wütend*) Damit wirst du niemals durchkommen, Paul. Wie willst du beweisen, dass …
TEMPLE:	(*Unterbricht IRIS, ruhig*) Du scheinst die Tatsache zu übersehen, dass ich einen Zeugen habe. Dr. Steiner kam in den Raum und hat dich erwischt.
IRIS:	Und wer zum Teufel ist schon Dr. Steiner? Das ist ein Fall, in dem meine Aussage gegen seine steht.
TEMPLE:	Das muss überhaupt kein Fall werden, Iris, wenn du deinen Kopf benutzt.

Eine Pause.

IRIS:	Was willst du damit sagen?
TEMPLE:	Ich möchte nur, dass du eine Frage beantwortest.
IRIS:	Welche?
TEMPLE:	Bist du Z.4?
IRIS:	(*Verzweifelt*) Nein!
TEMPLE:	Wer ist es dann?
IRIS:	Ich weiß es nicht.
TEMPLE:	Mrs. Moffat?
IRIS:	Ich sage dir doch: Ich weiß es nicht!
TEMPLE:	Na gut. Vorhin hast du gesagt, dass ihr nach dem, was Mrs. Moffat gesagt hat, wisst, dass sich Z.4 hier im Gasthof aushält. Woher weißt

127

du, dass Z.4 hier ist?

Eine Pause.

IRIS: (*Zögert*) Weil Mrs. Moffat eine Nachricht von Z.4 erhalten hat.

TEMPLE: Hat sie diese Nachricht in der Nacht vor Steves und meiner Abreise nach Aberdeen empfangen?

IRIS: Ja.

FORBES: Mein Gott, Temple! Es scheint, dass Mrs. Moffat recht hat. Nur jemand, der im Gasthof wohnt, kann gewusst haben, dass Sie und Steve abreisen würden.

TEMPLE: Wenn Mrs. Moffat nicht Z.4 ist, weiß sie dann, wer Z.4 wirklich ist?

IRIS: Nein – noch nicht.

TEMPLE: Verstehe.

FORBES: Aber Guest oder van Draper müssen doch Kontakt mit ihm aufgenommen haben.

IRIS: Niemand kennt die Identität von Z.4, Sir Graham. Nicht einmal der unfehlbare Paul Temple.

TEMPLE: (*Geheimnisvoll*) Da wäre ich mir an deiner Stelle nicht so sicher, Iris.

Es klopft an der Tür.

FORBES: Das klingt nach Mrs. Weston. Wir lassen sie besser nicht herein.

TEMPLE: Es ist alles in Ordnung – sie kann Ben von der Tür aus nicht sehen.

FORBES: Herein!

Die Tür öffnet sich.

TEMPLE: Ah, Mrs. Weston, Sie sind es!

MRS. WESTON: Ein weiteres Telegramm ist soeben eingetroffen, Mr. Temple – diesmal ist es für Sie. (*Eine Pause*) Es sieht so aus, als sei es geöffnet worden.

MRS. WESTON übergibt TEMPLE das Telegramm. Er öffnet und liest es.

TEMPLE: In Ordnung, danke, Mrs. Weston. Es gibt keine Antwort darauf.

TEMPLE schließt die Tür hinter MRS. WESTON.

FORBES: Irgendetwas Wichtiges?

TEMPLE: Nein, nicht wirklich. (*Eine Pause*) Iris, was meinen Sie damit, dass Mrs. Moffat *noch* nicht weiß, wer Z.4 ist? Wie muss ich dieses »noch« verstehen?

IRIS: Du kannst es verstehen, wie du willst.

TEMPLE: Du musst uns mehr über Mrs. Moffat erzählen.

FORBES: Und Sie müssen uns sagen, wo man Hardwick hingebracht hat.

IRIS: Ich weiß nicht, wo man Hardwick hingebracht hat. Das habe ich Ihnen bereits gesagt.

FORBES: Und was ist mit Mrs. Moffat?

IRIS: Über Mrs. Moffat gibt es nichts zu sagen. (*Bestimmt*) Und wenn Sie glauben, dass ich den Rest der Nacht damit verbringe, hier nach dem dritten Grad verhört zu werden, dann irren Sie sich gewaltig.

FORBES: Nun gut, Miss Archer, wenn Sie keine weiteren Fragen beantworten möchten, ist das völlig in Ordnung.

IRIS: (*Besorgt*) Was wird jetzt mit mir passieren?

FORBES: Sie werden die Nacht hier verbringen. Morgen wird Sie Kriminalinspektor Fuller nach Glasgow bringen.

IRIS: Unter Arrest?

FORBES: Selbstverständlich.

TEMPLE: (*Hakt nochmals nach*) Iris, sei doch nicht so stur! Du weißt doch ganz genau, was sie mit Hardwick gemacht haben.

IRIS:	Ach, um Himmels willen, lass mich endlich in Ruhe!
TEMPLE:	Es tut mir leid, Iris, aber wir müssen herausfinden, was sie mit John Hardwick gemacht haben!
IRIS:	Ich weiß es nicht! Wie oft muss ich es dir noch sagen?
FORBES:	Es hat keinen Sinn, Temple.

Eine Pause.

IRIS:	Da ich anscheinend keine andere Wahl habe, als die Nacht hier zu verbringen, wären Sie vielleicht so freundlich, mir mein Zimmer zu zeigen?
FORBES:	Ja – in Ordnung.
TEMPLE:	(*Zu IRIS*) Warte noch einen Moment.
IRIS:	Was ist?
TEMPLE:	Ich möchte, dass du den Inhalt dieses Telegramms hier kennst, Iris.
IRIS:	Das kann wohl kaum von Interesse für mich sein.
TEMPLE:	Das ist Ansichtssache.
FORBES:	Was steht drin, Temple?
TEMPLE:	(*Zu IRIS*) Es wurde heute Abend um 17 Uhr 30 in Nizza aufgegeben. Vielleicht möchtest du es selbst lesen.

TEMPLE gibt IRIS das Telegramm.

IRIS:	(*Liest*) »Danke für das Telegramm. Die angeforderten Informationen lauten wie folgt: Hotel Martinez. Nizza. 14. April 1932.«

IRIS lässt das Telegramm auf den Boden fallen.

FORBES:	Passen Sie auf, Temple, sie wird ohnmächtig!
TEMPLE:	Es ist gut, Sir Graham, ich habe sie. Ich setze sie dort in den Sessel.
FORBES:	Sie ist tatsächlich ohnmächtig geworden!

FORBES hebt das Telegramm auf.

FORBES: (*Liest*) »Hotel Martinez … Nizza … 14. April
                 1932.«

ABBLENDEN.

AUFBLENDEN.
                 Bahnhof von High Moorford.
Nach Ein- und Ausblenden der Zwischenmusik ertönt die
Stimme von KRIMINALINSPEKTOR FULLER. Wir befinden uns
auf einem Bahnhof: IRIS und BAHNHOFSVORSTEHER CLAIKE
sind auch da.

FULLER: Wie lange müssen wir hier noch warten,
                 Claike?

CLAIKE: (*Völlig gleichgültig*) Kann man nicht sagen.
                 Keine Ahnung.

IRIS: Ich hoffe, wir müssen nicht zu lange hier blei-
                 ben.

FULLER: In Inverdale sagte man uns doch, dass der Zug
                 durchfährt. Man sagte nichts davon, dass wir
                 umsteigen müssen.

CLAIKE: Och, die haben wohl vergessen, dass die Züge
                 auf den Herbstfahrplan umgestellt wurden.

FULLER: Gut, dass Sie uns gesagt haben, dass wir aus-
                 steigen müssen.

IRIS: Meinen Sie, ich könnte eine Zigarette haben,
                 Inspektor? Oder wäre das zu viel verlangt?

FULLER: Tut mir leid, Miss. Das würde gegen meine
                 Anweisungen verstoßen. (*Zu CLAIKE*) Sind Sie
                 sich ganz sicher, dass wir hier nach Glasgow
                 umsteigen müssen?

CLAIKE: Ich bin hier der Bahnhofsvorsteher.

FULLER: Das habe ich Sie nicht gefragt!

CLAIKE: Sie haben mindestens drei Stunden Aufent-
                 halt. Der nächste Zug geht um 15 Uhr 15.

FULLER: (*Entgeistert*) 15 Uhr 15!

CLAIKE: Richtig.

FULLER:	Aber, um Himmels willen, Mann, wir können nicht die ganze Zeit hier drin bleiben!
CLAIKE:	Es gibt da immer noch den Bahnsteig …
FULLER:	Hören Sie, mein Name ist Fuller – Kriminalinspektor Fuller.
CLAIKE:	Angenehm! Mein Name ist Andy Claike, Bahnhofsvorsteher.
IRIS:	(*Ironisch*) Ihre schillernde Persönlichkeit scheint hier nicht bemerkt zu werden, Inspektor.
FULLER:	(*Ernst, zu CLAIKE*) Mr. Claike, ich glaube, Sie sind sich der Dringlichkeit meiner Angelegenheit nicht ganz bewusst.
CLAIKE:	Der nächste Zug nach Glasgow geht um fünfzehn Uhr fünfzehn. Und er würde auch um fünfzehn Uhr fünfzehn gehen, Mr. Fuller, wenn Sie der Zar von Russland wären.
IRIS:	Aber es gibt keinen Zaren von Russland mehr, Mr. Claike. Ist das noch nicht bis hierher vorgedrungen?
CLAIKE:	(*Zu FULLER*) Wer ist diese junge Frau? Ich habe sie schon mal irgendwo gesehen …
FULLER:	Haben Sie hier ein Telefon?
CLAIKE:	Es gibt eines im Büro. Es kostet Sie aber …
FULLER:	Das ist in Ordnung. Wo ist das Büro?
CLAIKE:	Am Ende des Bahnsteigs – neben dem Spielautomaten.
FULLER:	Ich werde telefonisch ein Auto anfordern. Wir können nicht bis fünfzehn Uhr fünfzehn hier bleiben. Weiß Gott, wann wir dann in Glasgow ankommen würden.
IRIS:	Sie denken an alles, Inspektor. Jedenfalls habe ich es nicht eilig.
FULLER:	Nun, ich schon! Ich habe eine Frau und Kinder, die auf mich warten.

IRIS:	Man muss schon Mut haben, wenn man einen Polizisten heiratet!
FULLER:	Mr. Claike, ich möchte, dass Sie hier bleiben, während ich telefoniere.
CLAIKE:	Aber ich muss mich um meine Arbeit kümmern …
FULLER:	(*Ignoriert den letzten Satz*) Gibt es einen Schlüssel für diese Tür?
CLAIKE:	Ja, den gibt es.
FULLER:	Dann her damit, bitte.
CLAIKE:	Aber hören Sie mal …
IRIS:	Das ist schon in Ordnung, Mr. Claike. Wissen Sie, ich bin eine hoffnungslose Verbrecherin, also muss der Inspektor natürlich alle notwendigen Vorsichtsmaßnahmen treffen.
CLAIKE:	(*Zu FULLER*) Tja, nun, ich bin durchaus in der Lage, mich um das kleine Mädchen zu kümmern – auch wenn ich kein Polizist bin.

Eine Pause.

FULLER:	Hm. In Ordnung. Es wird nicht lange dauern.

CLAIKE gibt FULLER den Schlüssel, FULLER geht, schließt die Tür ab und ist weg.

IRIS:	Kann ich jetzt wenigstens diese Zigarette haben! Würden Sie sie für mich anzünden?
CLAIKE:	Natürlich, Iris.

IRIS beginnt zu lachen, als CLAIKE seine Verkleidung abnimmt und sich als MAJOR GUEST zu erkennen gibt.

IRIS:	(*Lacht*) Mein Gott, Guest! Was für eine Verkleidung! Schätzchen, ich hätte schreien können! Wo ist Laurence?
GUEST:	Er ist im Büro und wartet auf den Inspektor.
IRIS:	Armer alter Fuller – er ist kein schlechter Kerl, wenn er nur seine Arbeit nicht so ernst nehmen würde. Ich fürchte, er wird im Büro eine böse Überraschung erleben. (*Eine Pause*)

	Sag, wie habt ihr das alles arrangiert?
GUEST:	Mrs. Moffat hatte die Idee.
IRIS:	Mrs. Moffat?
GUEST:	Ja. Sie wusste, dass der Zug in High Moorford hält. Offenbar hält dieser bestimmte Zug immer.
IRIS:	Aber wo ist der echte Bahnhofsvorsteher?
GUEST:	Wir haben nicht lange gebraucht, um mit dem armen alten Claike fertig zu werden, obwohl der junge Merson sich als eine Herausforderung erwies.
IRIS:	Wer ist Merson?
GUEST:	Er ist der Kofferträger. Und wie der Junge zuschlagen kann …
IRIS:	Aber was habt ihr mit ihnen gemacht?
GUEST:	Claike geht es gut. Wir haben ihn in einen Güterwaggon auf der anderen Seite des Bahnhofs gesteckt. Merson hat leider den Ermessensspielraum überschritten, so dass wir ihn ziemlich gewaltsam schlafen legen mussten.

Man hört Schritte von draußen.

| IRIS: | Sch! Da kommt jemand! |
| GUEST: | Das wird Van sein. |

Die Tür öffnet sich und VAN DRAPER tritt ein.

VAN DRAPER:	(*Zu IRIS*) Alles in Ordnung mit dir?
IRIS:	Ja, alles in Ordnung.
VAN DRAPER:	Wir sollten besser von hier verschwinden, Guest, und zwar verdammt schnell.
GUEST:	Was ist passiert?
VAN DRAPER:	Fuller. Mein Gott, dieser Mann war eine ganz schöne Herausforderung. Das Auto steht draußen, Iris. Fahr direkt zur Hütte – du kennst den Weg. Geradeaus durch das Dorf und etwa eine Meile vor Aberford links abbiegen.

IRIS:	Aber was ist mit dir und Laurence?
GUEST:	Wir müssen zu Mrs. Moffat. Wir kommen später in die Hütte nach.
IRIS:	Verstehe. Laurence …
VAN DRAPER:	Ja?
IRIS:	Woher wusste Mrs. Moffat, dass ich ausgerechnet in diesem Zug sitzen würde?
VAN DRAPER:	Sie erhielt die Information von Z.4.
IRIS:	Aber Z.4 hat sich noch nicht bei ihr vorgestellt … persönlich, meine ich?
VAN DRAPER:	Nein.

Eine Pause.

IRIS:	Dann sehe ich euch also beide später in der Hütte?
VAN DRAPER:	Wir werden gegen vier Uhr dort sein.
IRIS:	Wo ist das Auto geparkt?
VAN DRAPER:	Ich bringe dich hin.
IRIS:	Danke. (*Zu GUEST*) Bis gleich.
GUEST:	Wiedersehen, Iris.

VAN DRAPER und IRIS gehen und die Tür wird geschlossen. Eine Pause. GUEST geht einige Augenblicke auf und ab und pfeift eine Melodie. Plötzlich wird die Tür aufgestoßen. GUEST ist fassungslos.

FULLER:	Werfen Sie den Revolver auf den Boden! Lassen Sie ihn fallen!

GUEST lässt seinen Revolver auf den Boden fallen.

GUEST:	Wie … wie zum Teufel sind Sie da rausgekommen?
FULLER:	Wo ist der andere Mann?
GUEST:	Ich weiß nicht, von wem Sie sprechen.
FULLER:	Wo ist er? Wo ist das Schwein?
GUEST:	Ich sage Ihnen doch, ich weiß es nicht.
FULLER:	Bei Gott, wenn es hier noch mehr …

Die Tür öffnet sich plötzlich.

GUEST:	(*Ruft zur Tür*) Achtung!

135

Ein Pistolenschuss ertönt.

FULLER: (*Schreit*) Ah!

FULLER fällt zu Boden, nachdem er getroffen wurde. Er ist tot.

VAN DRAPER: Gut, dass du mich gewarnt hast. Ich glaube nicht, dass ich ihn sonst erwischt hätte.

GUEST: Nein, wahrscheinlich nicht. Dieser Schuss hat aber einen ganz schönen Nachhall gehabt ...

VAN DRAPER: Ich bezweifle, dass man ihn bei dem ganzen Rangierbetrieb gehört hat.

GUEST: Wie auch immer, wir sollten besser von hier verschwinden, Van.

VAN DRAPER: Ja, da hast du recht.

AUSBLENDEN.

AUFBLENDEN.

Eine Landstraße.

Überblendung auf das Geräusch eines Autos, das mit mäßiger Geschwindigkeit fährt.

GUEST: Ist Iris gut weggekommen?

VAN DRAPER: Ja. Der Wagen war unauffällig.

GUEST: Was glaubst du, wie weit wird sie kommen, bevor es passiert?

VAN DRAPER: Hm, das ist schwer zu sagen. Vielleicht ein paar Meilen. Die Straßen hier sind ziemlich schlecht, weißt du, und sie fährt wie der Teufel. Gerade jetzt wird sie sicher Gas geben – und zwar ganz ordentlich. Es ist nicht zu befürchten, dass wir sie noch überholen.

GUEST: Van, was glaubst du, warum hat Z.4 Mrs. Moffat wegen Iris eingeschaltet?

VAN DRAPER: Das ist doch ganz offensichtlich. Iris muss kurz davor gewesen sein, zu reden – deshalb hat Z.4 diesen hübschen kleinen Plan ausgeheckt.

GUEST: Und ich musste den Wagen deshalb manipulieren …

VAN DRAPER: Das mit Iris tut mir sehr leid. Sie war sehr charmant …

GUEST: Ja. Sehr charmant ...

Eine Pause.

GUEST: (*Plötzlich*) Moment mal! Das Auto da vorne kommt mir bekannt vor! Überhol es nicht, Van!

VAN DRAPER: Warum nicht?

GUEST: Das ist Temple – und seine Frau!

VAN DRAPER: Stimmt.

GUEST: Nicht überholen! Ein Zusammentreffen mit Temple fehlt uns jetzt gerade noch.

Das Auto wird langsamer.

AUSBLENDEN.

AUFBLENDEN.

Eine Straße in einem Dorf.

Nach dem Auf- und Abblenden der Musik hören wir das Geräusch eines sich nähernden Autos.

TEMPLE: Hast du eine Zigarette für mich, Steve?

STEVE: Nein, tut mir leid, Darling, ich habe keine mehr.

Das Auto hält an.

TEMPLE: Dann halte ich hier und gehe, um welche zu kaufen.

TEMPLE steigt aus dem Auto aus und schließt die Tür.

TEMPLE: Es dauert nicht lange. (*Überlegt es sich anders*) Hm …

TEMPLE steigt wieder ein.

STEVE: Was ist?

TEMPLE: Ich fahre noch ein Stück weiter vor. Hier am Fuße des Hügels ist keine sichere Stelle zum Parken.

TEMPLE löst die Handbremse.

STEVE: Um wie viel Uhr hast du dich mit Sir Graham verabredet?

TEMPLE: Ich sagte ungefähr zwei. Wir sind in der Tat ziemlich früh dran.

STEVE: Wie kamst du auf die Idee, dich im Café in High Moorford zu treffen? Es wäre doch sicher viel einfacher gewesen, einfach im Gasthof zu warten?

TEMPLE: (*Ruhig*) Nein. Ich wollte mich mit Forbes außerhalb des Gasthofs unterhalten. Ich habe da so ein komisches Gefühl, was *The Royal Gate* angeht.

STEVE: Warum?

TEMPLE: Alles, was im Gasthof passiert – jedes Gespräch, das dort stattfindet, scheint Z.4 auf die eine oder andere Weise bekannt zu sein.

STEVE: Ja, das ist wahr. Er wusste zum Beispiel, dass wir nach Aberdeen fahren würden und …

TEMPLE: (*Plötzlich, ängstlich*) Sie doch mal das Auto, das da den Hügel hinunterkommt! Bei Timothy, es schlingert hin und her.

STEVE: Irgendetwas muss damit nicht stimmen, Paul. Die Lenkung oder …

TEMPLE: Mein Gott! Sieh doch, es ist Iris!

Wir hören, wie das Auto sehr schnell auf die TEMPLES *zufährt.*

TEMPLE: Sie kann das Auto nicht mehr unter Kontrolle bringen! Das schafft sie nicht, Steve!

STEVE: Aber es kann nicht Iris sein. Sie kann dem Inspektor doch nicht entkommen sein …

TEMPLE: Da stimmt etwas mit der Lenkung nicht! Mein Gott – sie fährt über den Bürgersteig!

Ein schrecklicher Aufprall ist zu hören, als das Auto auf den Bürgersteig fährt und mit großer Geschwindigkeit in ein Schaufenster kracht. Man hört das Zersplittern von Glas und die entsetzten Stimmen der Passanten.

STEVE:	(*Erschrocken*) Oh mein Gott! (*Eine Pause*) Paul, wohin gehst du?
TEMPLE:	Warte hier eine Sekunde, Steve.

TEMPLE hält, steigt aus dem Auto aus und schlägt die Tür zu. Er geht dorthin, wo sich die Schaulustigen versammelt haben.

TEMPLE:	Entschuldigen Sie, darf ich bitte durchgehen? Darf ich durch? Danke sehr. (*Eine Pause*) Iris! Iris! (*Eine Pause*) Alles in Ordnung, Iris?
IRIS:	(*Keucht*) Paul, was machst du hier? (*Sie stöhnt vor Schmerzen*)
TEMPLE:	Bleib ganz ruhig, Iris.
IRIS:	Es ist schon gut … Mach dir keine Sorgen um mich … Es ist nur meine Schulter … ein bisschen verstaucht, glaube ich … Oh …
TEMPLE:	Bei Timothy, du hast Glück, dass du noch lebst!
IRIS:	Da stimmte etwas mit der Lenkung nicht. Ich habe es bemerkt, sobald ich … – Oh, dieses Schwein! Dieses verdammte Schwein!
TEMPLE:	Wie bist du aus dem Zug gekommen?
IRIS:	Er hielt in High Moorford. Van Draper und Guest haben dort auf mich gewartet. (*Pause*) Verdammt! Die Schulter ist schlimmer, als ich dachte.
TEMPLE:	Nicht bewegen, Iris. Gleich wird Hilfe da sein.
IRIS:	Gut.
TEMPLE:	Iris, sie haben dich aus einem ganz bestimmten Grund aus dem Zug geholt.
IRIS:	Ja! Ja! Ich weiß! Aber, bei Gott, jetzt werde ich reden!

Im Hintergrund ist das Geräusch eines herannahenden Krankenwagens zu hören.

TEMPLE:	(*Entschlossen*) Hör zu, Iris, ich werde es riskieren. Lass deine Schulter behandeln und

	triff mich dann im Shepley-Hotel in High Moorford.
IRIS:	Im Shepley? Ja, in Ordnung. Um wie viel Uhr?
TEMPLE:	Mal sehen. Ich treffe Sir Graham um zwei … Sagen wir um fünf.
IRIS:	Um fünf Uhr. Ja, okay.
TEMPLE:	Pass auf dich auf, Iris.
IRIS:	Mach dir keine Sorgen. Ich werde da sein.
TEMPLE:	Das hoffe ich. Ich hoffe es aufrichtig.

AUSBLENDEN.

AUFBLENDEN.

Auf der Straße im Wagen der Temples.

TEMPLE kommt zum Wagen zurück.

STEVE:	Ist sie schwer verletzt?
TEMPLE:	Nein, es sieht nicht so aus, als ob es sehr ernst wäre. Sie hatte mehr Glück als Verstand.

TEMPLE steigt in den Wagen ein.

TEMPLE:	Bei Timothy, wir müssen uns beeilen, sonst kommen wir zu spät.
STEVE:	Was ist mit den Zigaretten?
TEMPLE:	Dafür haben wir jetzt keine Zeit. Darum werden wir uns in High Moorford kümmern.
STEVE:	Was war denn mit Iris' Auto los?
TEMPLE:	Sie glaubt, dass sich jemand daran zu schaffen gemacht hat.
STEVE:	Aber Paul, wer sollte das tun?
TEMPLE:	Vielleicht erzählt sie uns das später, wenn wir sie sehen.
STEVE:	Später?
TEMPLE:	Ja, wir treffen uns im Shepley-Hotel.
STEVE:	Glaubst du, dass es ihr dafür gut genug geht?
TEMPLE:	Ich habe allen Grund, das zu glauben.

TEMPLE startet den Wagen und fährt los.

ABBLENDEN.

AUFBLENDEN.
<u>Ein Café in High Moorford.</u>
Aufblenden von FORBES' *Stimme.*

FORBES: Es bringt nichts, wir haben einfach kein Glück. Wir können diese Hütte nicht finden. Iris muss uns sagen, wo sie liegt, Temple. Ohne sie finden wir den Ort nicht.

STEVE: Sagten Sie nicht, dass Sie Inspektor Sandford auf den Fall ansetzen würden?

FORBES: Sandford ist seit heute Morgen um zehn Uhr bei der Arbeit. Er kennt die Gegend wie seine Westentasche, aber ich glaube nicht, dass er ihr Versteck finden kann.

TEMPLE: Ich nehme an, Sie haben jemanden in Skerry Lodge?

FORBES: Gütiger Gott, ja! Das Haus ist praktisch umstellt – obwohl ich glaube, dass das ein Fall ist, in dem wir die Stalltür schließen, nachdem das Pferd schon weggelaufen ist. Ich habe auch einen Mann, der den Laden von Mrs. Moffat überwacht, obwohl ich ihm strikte Anweisungen gegeben habe, sich im Hintergrund zu halten. Ich hielt es für eine gute Idee, die Frau an der langen Leine zu halten. Wenn sie wirklich mit dieser Bande unter einem Hut steckt, besteht die Möglichkeit, dass sie uns zu dieser Hütte führt.

TEMPLE: Es gibt ein altes Sprichwort: »Wenn man einem Schotten genug Leine gibt, dann fängt er an, Zigarren zu drehen!« Und Sie können sich darauf verlassen, dass Mrs. Moffat ziemlich gerissen ist. Sie ist auf jeden Fall in diese Sache verwickelt und ich habe die Vermutung,

141

	dass, wenn Z.4 die Bande kontaktiert, dies über Mrs. Moffat geschehen wird.
FORBES:	Aber wie zum Teufel soll sie Z.4 erkennen, wenn sie sich noch nie getroffen haben?
TEMPLE:	Ganz einfach, Sir Graham. Z.4 hat Mrs. Moffat offensichtlich eine Art Passwort gegeben.
FORBES:	Ich weiß. Aber irgendwie kann ich mich nicht dazu durchringen, zu glauben, dass die Bande die Identität von Z.4 immer noch nicht kennt. Sicherlich muss van Draper es inzwischen wissen – oder möglicherweise Guest.
TEMPLE:	Nein, ich glaube nicht, dass einer von ihnen weiß, wer Z.4 wirklich ist.
FORBES:	Wenn das so ist, wie zum Teufel kann Z.4 dann absolut sicher sein, dass er nicht hintergangen wird?
STEVE:	Sie können Z.4 nicht betrügen, wenn sie nicht wissen, wer Z.4 wirklich ist.
FORBES:	So habe ich das nicht gemeint, Steve. Was ich meine, ist, dass sie sich weigern könnten, die Anweisungen von Z.4 auch nur zur Kenntnis zu nehmen, wenn …
TEMPLE:	(Unterbricht) … und das würden sie auch, wenn es nicht diesen kleinen Faktor gäbe, den Sie zu übersehen scheinen …
FORBES:	Welchen?
TEMPLE:	Erpressung!
STEVE:	Sie haben doch selbst gesagt, Sir Graham, dass Z.4 über jedes Mitglied der Organisation etwas wusste.
FORBES:	Das ist nur eine Theorie, Steve. Und ich beginne daran zu bezweifeln, dass es eine sehr solide Theorie ist.
TEMPLE:	Im Gegenteil, Sir Graham, die Theorie ist

	ausgezeichnet.
FORBES:	Was macht Sie da so sicher?
TEMPLE:	Lediglich die Tatsache, dass ich zufällig die Kleinigkeit entdeckt habe, von der Iris hoffte, dass sie sie verbergen konnte und von der sie sicher war, dass nur Z.4 darüber Bescheid wusste.
FORBES:	Was?!
TEMPLE:	Erinnern Sie sich an das Telegramm, das ich erhalten habe?
FORBES:	»Hotel Martinez … Nizza … 14. April 1932.« – Ja, was ist damit?
TEMPLE:	Nun, dieses Telegramm bewies Iris ohne jeden Zweifel, dass Z.4 nicht die einzige Person war, die ihr Geheimnis kannte.
FORBES:	Trotzdem hat sie nicht den Mund aufgemacht – trotz dieses Telegramms.
TEMPLE:	Nein, sie hat den Mund nicht aufgemacht – damals. Aber ich denke, jetzt wird sie es tun.
FORBES:	Nun, wir werden es erfahren, wenn wir Iris nach Glasgow bringen.
STEVE:	Paul, du bist sehr geheimnisvoll, was dieses Telegramm angeht. Was genau hat es zu bedeuten?
FORBES:	Ja, das habe ich mich auch schon gefragt, Temple.
TEMPLE:	Sir Graham, als Sie mir sagten, dass Ihrer Meinung nach Z.4 eine Art Einfluss auf jedes Mitglied der Organisation hatte, beschloss ich, herauszufinden, was genau Iris zu verbergen hatte.
FORBES:	Und haben Sie es herausgefunden?
TEMPLE:	1932 heiratete Iris einen jungen Börsenmakler namens Forrester. Sie verbrachten ihre Flitterwochen – oder einen Teil davon – im Hotel

Martinez in Nizza. Am 14. April, zwei Tage nach ihrer Ankunft im Hotel, wurde Forrester tot aufgefunden. Im Grunde genommen war es Selbstmord. Aber ...

FORBES: Aber was?

TEMPLE: Ja, Sir Graham, es gab ein Aber, und zwar ein ziemlich unangenehmes für Iris, fürchte ich.

FORBES: Aber, verdammt noch mal, Temple, davon hätten wir doch sicher schon gehört. Iris Archer ist nicht gerade ein unbeschriebenes Blatt.

TEMPLE: Zum jetzigen Zeitpunkt nicht. Aber 1932 war Iris unter dem etwas phantasievolleren Namen Rosie Shiner bekannt.

FORBES: Rosie Shiner?

STEVE: (Neugierig) Was ist mit Forrester passiert?

TEMPLE holt einige Zeitungsausschnitte aus seiner Brieftasche.

TEMPLE: Soweit ich von den französischen Behörden – und auch aus diesen Presseausschnitten – erfahren habe, war die ganze Angelegenheit etwas unklar. Iris wurde nicht wirklich des Mordes beschuldigt, aber die Behörden hatten einen bösen Verdacht, dass sie in die Sache verwickelt war. Die wichtigste Zeugin jedoch – ein englisches Zimmermädchen, das zufällig im Hotel arbeitete – verschwand plötzlich, und nach kurzer Zeit wurde die Angelegenheit mehr oder weniger fallen gelassen.

FORBES: Hm ... Nun, das alles scheint den Verdacht zu zerstreuen, dass Iris Z.4 sein könnte.

TEMPLE: Iris ist nicht Z.4, Sir Graham. In diesem Punkt bin ich mir sicher.

FORBES: Wer zum Teufel ist es dann? Denken Sie, es ist Steiner?

TEMPLE:	Aber wir wissen doch, wer Steiner ist, nicht wahr, Sir Graham? Er ist Professor für Philosophie an der Universität von Philadelphia.
FORBES:	Hm … das ist, was er uns glauben machen will. (*Eine Pause*) Natürlich gibt es da noch Rex Bryant. Aus ihm werde ich einfach nicht schlau, Temple.
STEVE:	Ja, schließlich haben wir seine Uhrkette bei Ernie Weston gefunden.
TEMPLE:	Ich denke, das ist nicht unbedingt ein Indiz dafür, dass Bryant in den Mord an Weston verwickelt ist.
FORBES:	Gütiger Himmel, Temple, er muss irgendwie in diese Sache verwickelt sein! Wie zum Teufel hat Weston ansonsten die Uhrkette überhaupt in die Hände bekommen?
TEMPLE:	Ich glaube, daran gibt es keinen Zweifel: Er hat sich selbst daran bedient. Genauso wie er sich an Steiners Manschettenknöpfen und Lady Retfords Ring bedient hat.
FORBES:	Lady Retfords Ring?
STEVE:	Woher weißt du, dass der Ring Lady Retford gehörte, Darling?
TEMPLE:	Ich habe mich bei der örtlichen Polizeistation erkundigt. Ein ziemlich offensichtlicher Vorgang, nicht wahr, Sir Graham? Sie sagten mir, dass Lady Retford vor etwa zwei Wochen im *The Royal Gate* wohnte. Sie war nur eine Woche dort, aber Ernie hat es geschafft, sich den Ring unter den Nagel zu reißen. Der arme Ernie war vor allem ein Opportunist …
FORBES:	Ja, aber was zum Teufel beweist das alles? Lediglich, dass Ernie Weston eine Art gewöhnlicher Taschendieb war.
STEVE:	Es erklärt nicht die Identität von Z.4.

FORBES:	Und noch etwas, Temple, wenn Weston nur ein gewöhnlicher kleiner Kleptomane war und keinen Streit mit Rex Bryant hatte und nicht in all diese anderen Geschäfte verwickelt war – wer zum Teufel hat ihn dann umgebracht?
TEMPLE:	(*Ruhig*) Z.4.
FORBES:	Aber warum? Um Himmels willen … warum?
TEMPLE:	Ich habe genauso wenig Ahnung wie Sie, Sir Graham.
FORBES:	Aber was ist Ihre Vermutung, Temple?
TEMPLE:	Meine Vermutung ist die folgende: In dem Moment, in dem ich im Gasthof ankam, durchsuchte Weston meine Taschen und fand den Brief, den Lindsay – oder Hammond, wenn Sie so wollen – mir gegeben hatte. Später, als er erkannte, dass der Brief einen persönlichen Wert für mich haben könnte, gab er ihn zurück. Sie erinnern sich vielleicht, dass der Brief unter der Tür durchgeschoben wurde.
FORBES:	Ja, aber das erklärt nicht, warum er ermordet wurde.
TEMPLE:	Ach nein? Nun, das ist meine Theorie, Sir Graham: Nachdem er den Brief zurückgegeben hatte, muss der arme Teufel dies jemandem gegenüber erwähnt haben – und zu seinem Pech war dieser Jemand Z.4. Natürlich wollte Z.4 den Brief haben, bevor er Ihnen in die Hände fiel. Es war in der Tat absolut erforderlich, dass Hammonds Nachricht Sie nicht erreicht. Und dennoch hatte Ernie Weston, nachdem er in den Besitz des Briefes geraten war, ihn einfach zurückgegeben. Bei Timothy, Sie können sich vorstellen, was Z.4 dabei empfand!

FORBES:	Mein Gott, ja! Das ist sicherlich ein Motiv.
STEVE:	Aber Weston konnte überhaupt nichts über Z.4 wissen, sonst hätte er die Nachricht verstanden.
TEMPLE:	Genau.
FORBES:	Passen Sie mal auf, Temple! Angenommen, Bryant hat Weston wegen der Uhrkette gefragt. Weston wird ein wenig nervös, beginnt zu vermuten, dass Bryant eine Art Polizeibeamter ist, und erzählt ihm ohne nachzudenken von dem Brief. Bryant hätte natürlich zwei und zwei zusammengezählt und …
STEVE:	(*Unterbricht FORBES*) Das Gleiche gilt für Dr. Steiner, Sir Graham. Er könnte Weston nach seinen Manschettenknöpfen gefragt haben. Weston könnte zusammengebrochen sein, wie Sie andeuten, und dann, ohne sich der Bedeutung bewusst zu sein, den Brief erwähnt haben. Steiner könnte übrigens für das Verschwinden von Bryants Uhrkette verantwortlich gewesen sein und sie Weston untergeschoben haben, um den Verdacht auf Bryant zu lenken.
TEMPLE:	(*Erstaunt, fröhlich*) Bei Timothy, wir machen noch einen Detektiv aus dir, Steve!
STEVE:	(*Fröhlich*) Danke, Darling.
FORBES:	Im Ernst, Temple, denken Sie nicht, dass Steiner Z.4 ist?
TEMPLE:	(*Weicht der Frage aus*) Ich denke, es ist an der Zeit, dass wir zum *The Royal Gate* zurückkehren, Sir Graham. Vielleicht hat Sandford inzwischen ein paar Neuigkeiten.
FORBES:	(*Bemerkt, dass TEMPLE nichts sagen wird*) Ja, wahrscheinlich ist das das Beste. Nein, nein, schon gut, Temple, ich zahle.

147

KELLNERIN:	Drei Shilling, bitte.
FORBES:	(*Gibt ihr das Geld*) Bitte schön. Behalten Sie den Rest.
KELLNERIN:	Oh, danke vielmals.

TEMPLE, STEVE und FORBES verlassen das Café und gehen die Straße entlang.

FORBES:	Übrigens, wie ich gehört habe, war der Flug im *Golden Clipper* neulich sehr turbulent. Wie war es bei Ihrem Flug?
STEVE:	Es war perfekt, Sir Graham. Wir haben jede Minute davon genossen, nicht wahr, Paul?
TEMPLE:	Jede Minute.
FORBES:	Ich wünschte, ich könnte für einen Monat verreisen. Ich war noch nie in den Staaten.
STEVE:	Es würde Ihnen gefallen.
FORBES:	Na ja, vielleicht denken wir in ein paar Jahren daran. Ich wollte schon immer reisen. Wie unsere Freundin Mrs. Moffat sagen würde: »Was hat Shakespeare über Reisende gesagt?« ... Ist das dort drüben Ihr Auto, Temple?

TEMPLE antwortet nicht.

STEVE:	Was ist los, Darling?
TEMPLE:	Hat Mrs. Moffat tatsächlich diese Worte benutzt, Sir Graham – »Was hat Shakespeare über Reisende gesagt?«
FORBES:	(*Etwas unsicher*) Ja, ja ... ja, ich glaube schon.
TEMPLE:	Wann? Wann hat sie das gesagt?
FORBES:	Als ich das erste Mal in den Laden kam. Aber ich kann beim besten Willen nicht erkennen, worauf Sie hinauswollen.
TEMPLE:	Bei Timothy, was war ich für ein Narr! Was war ich doch für ein Narr!
STEVE:	Darling, was ist los?

TEMPLE:	Verstehst du denn nicht, Steve? Mrs. Moffat hat genau das Gleiche zu mir gesagt. »Was hat Shakespeare über Reisende gesagt?« – Wenn ich die richtige Antwort gegeben hätte – oder wenn Sie sie gegeben hätten, Sir Graham – hätte sie gedacht, wir wären Z.4!
FORBES:	Mein Gott! Sie meinen, das ist das Passwort?
TEMPLE:	(*Denkt laut nach*) Reisende … wie lautet das Zitat? Erinnerst du dich daran, Steve?
STEVE:	Nein, nicht aus dem Stegreif. Aber seht mal, gleich da drüben ist eine Buchhandlung. Ich bin sicher, wir können das Zitat dort nachschlagen.

ABBLENDEN.

AUFBLENDEN.

Der Laden von Mrs. Moffat.

Nach dem Ein- und Ausblenden der Zwischenmusik ertönt die Stimme von MRS. MOFFAT.

MRS. MOFFAT:	Ihr könnt nicht lange bleiben. Da ist ein Mann, der das Haus beobachtet.
GUEST:	(*Perplex*) Was?!!
MRS. MOFFAT:	Es ist schon in Ordnung. Das nächste Telefon ist eine halbe Meile von hier entfernt, es würde also eine ganze Weile dauern, bis er eine Nachricht durchgeben könnte. (*Eine Pause*) Was ist mit Iris passiert?
GUEST:	Es ist alles gut gegangen. Wir sind gerade vorhin an ihrem Wagen vorbeigefahren, der halb durch ein Schaufenster gekracht ist. Es muss ein höllischer Aufprall gewesen sein. Man sagte uns, sie sei fast tot ins Krankenhaus gebracht worden.
MRS. MOFFAT:	Sie war ein hübsches Mädchen – und auch nützlich. Aber Z.4 kann kein Risiko eingehen.

GUEST: Hast du von Z.4 gehört?

MRS. MOFFAT: Noch nicht.

VAN DRAPER: Der Schutzschirm ist fertig. Hardwick ist fertig. Warum zum Teufel kommt Z.4 nicht endlich?

MRS. MOFFAT: Keine Sorge, das wird er. Ihr müsst nur Geduld haben.

GUEST: *Er*? (*Leise*) Ist es dir schon mal in den Sinn gekommen, dass Z.4 eine Frau sein könnte?

MRS. MOFFAT: Vielleicht.

GUEST: Nun, je schneller diese Sache erledigt ist, desto besser. Die Polizei hat den ganzen Tag nach der verdammten Hütte gesucht. Langsam wird es hier zu heiß.

MRS. MOFFAT: Keine Sorge, sie werden die Hütte nicht so leicht finden.

GUEST: Das weiß ich. Aber Hardwick wird schon wieder unangenehm.

VAN DRAPER: Eines ist sicher, wenn Z.4 kommt, dann muss der finanzielle Aspekt der Sache schon geklärt sein. Er wird nichts unternehmen, bevor er nicht sicher ist, dass es einen Markt für den Schutzschirm gibt – das ist offensichtlich.

MRS. MOFFAT: Es gibt keinen Mangel an Märkten! Praktisch jedes Land in Europa ist befallen von Aufrüstungswut.

Eine Pause.

VAN DRAPER: Sie scheinen ziemlich gut informiert zu sein, Mrs. Moffat.

MRS. MOFFAT: Natürlich bin ich gut informiert. Ich benutze meinen eigenen gesunden Menschenverstand.

VAN DRAPER: Ich verstehe. (*Eine Pause, zu GUEST*) Los, komm, Guest, wir fahren besser zurück zur Hütte.

GUEST: Ja, in Ordnung.

VAN DRAPER: (*Zu MRS. MOFFAT*) Und sobald Z.4 eintrifft …

MRS. MOFFAT: (*Unterbricht VAN DRAPER*) …. sobald Z.4 eintrifft, kommen wir beide in die Hütte.

GUEST: Ja, ja … also dann …

Die Ladentür öffnet sich, die Ladenglocke ertönt und die Tür schließt sich wieder, nachdem VAN DRAPER und GUEST gegangen sind. Man hört ein Auto wegfahren.

MRS. MOFFAT: Tja, ich weiß nicht …

Die Ladentür öffnet sich und die Klingel ertönt erneut. REX BRYANT tritt ein und schließt die Tür hinter sich.

MRS. MOFFAT: Hallo, Sir.

BRYANT: (*Fröhlich*) Guten Tag.

MRS. MOFFAT: Guten Tag, Sir, was kann ich für Sie tun?

BRYANT sieht sich einen Moment lang im Laden um.

BRYANT: Ich hätte gerne ein paar Rasierklingen, bitte. Haben Sie welche der Marke *Pride of the Regiment*?

MRS. MOFFAT: Nein, die habe ich leider nicht.

BRYANT: Mein Gott, Sie sollten immer einen Vorrat an *Pride-of-the-Regiment*-Klingen haben. Mit etwas anderem würde ich mich nicht rasieren. Sie machen das Gesicht so glatt wie Babyhaut – ich sage Ihnen, beim nächsten Mal werden Sie mich zweifelsfrei erkennen …

MRS. MOFFAT: Sie waren schon einmal hier, nicht wahr?

BRYANT: Ja, ein- oder zweimal. Ich bevorzuge immer kleine Läden, wenn es geht.

MRS. MOFFAT: Woher kommen Sie?

BRYANT: Woher ich komme? Ich komme aus Chelsea, Mrs. Moffat. Dem bunten, alten Chelsea. Wo Mädchen Mädchen sind und Männer ... na ja, darüber lässt sich streiten.

MRS. MOFFAT: Chelsea? Das ist aber ein weiter Weg.

BRYANT: Da haben Sie recht. Es ist ganz in der Nähe von London.

MRS. MOFFAT: Ich habe eine verheiratete Schwester in London. Peckham, glaube ich. Gibt es einen Ort namens Peckham?

BRYANT: Ja, es gibt einen Ort namens Peckham.

MRS. MOFFAT: Ja, das dachte ich mir schon. (*Eine Pause*) Es muss eine wunderbare Sache sein, zu reisen. Ich wünschte oft, ich hätte die Zeit dazu. Und das Geld, natürlich. Was hat Shakespeare über Reisende gesagt?

BRYANT: Ich glaube, der genaue Wortlaut war: »Nie logen Reisende, schilt gleich zu Haus' der Tor sie«. (*Eine Pause*) »Nie ... logen ... Reisende ...« – Mrs. Moffat!

MRS. MOFFAT: (*In Ehrfurcht und Ehrerbietung*) Z.4!

Aufblenden der Schlussmusik.

ABBLENDEN.

ENDE VON EPISODE 5.

Episode 6
Z.4 wird vorgestellt

AUFBLENDEN.

<u>Der Laden von Mrs. Moffat.</u>

Das Geräusch der sich öffnenden Ladentür und das Läuten der Klingel. REX BRYANT tritt ein und schließt die Tür hinter sich.

MRS. MOFFAT: Hallo, Sir.

BRYANT: (*Fröhlich*) Guten Tag.

MRS. MOFFAT: Guten Tag, Sir, was kann ich für Sie tun?

BRYANT sieht sich einen Moment lang im Laden um.

BRYANT: Ich hätte gerne ein paar Rasierklingen, bitte. Haben Sie welche der Marke *Pride of the Regiment*?

MRS. MOFFAT: Nein, die habe ich leider nicht.

BRYANT: Mein Gott, Sie sollten immer einen Vorrat an *Pride-of-the-Regiment*-Klingen haben. Mit etwas anderem würde ich mich nicht rasieren. Sie machen das Gesicht so glatt wie Babyhaut – ich sage Ihnen, beim nächsten Mal werden Sie mich zweifelsfrei erkennen …

MRS. MOFFAT: Sie waren schon einmal hier, nicht wahr?

BRYANT: Ja, ein- oder zweimal. Ich bevorzuge immer kleine Läden, wenn es geht.

MRS. MOFFAT: Woher kommen Sie?

BRYANT: Woher ich komme? Ich komme aus Chelsea, Mrs. Moffat. Dem bunten, alten Chelsea. Wo Mädchen Mädchen sind und Männer ... na ja, darüber lässt sich streiten.

MRS. MOFFAT: Chelsea? Das ist aber ein weiter Weg.

153

BRYANT: Da haben Sie recht. Es ist ganz in der Nähe von London.

MRS. MOFFAT: Ich habe eine verheiratete Schwester in London. Peckham, glaube ich. Gibt es einen Ort namens Peckham?

BRYANT: Ja, es gibt einen Ort namens Peckham.

MRS. MOFFAT: Ja, das dachte ich mir schon. (*Eine Pause*) Es muss eine wunderbare Sache sein, zu reisen. Ich wünschte oft, ich hätte die Zeit dazu. Und das Geld, natürlich. Was hat Shakespeare über Reisende gesagt?

BRYANT: Ich glaube, der genaue Wortlaut war: »Nie logen Reisende, schilt gleich zu Haus' der Tor sie«. (*Eine Pause*) »Nie … logen … Reisende …« – Mrs. Moffat!

MRS. MOFFAT: (*In Ehrfurcht und Ehrerbietung*) Z.4!

BRYANT: (*Leise*) Ja … Z.4.

MRS. MOFFAT: (*Sehr aufgeregt*) Oh, wir haben auf Sie gewartet! Mein Gott, wie wir gewartet haben! Ich dachte schon, Sie würden gar nicht mehr rechtzeitig kommen.

BRYANT: (*Leise*) Können wir nicht in das hintere Zimmer gehen? Hier ist kein guter Platz zum Reden. Zu gefährlich.

MRS. MOFFAT: Aber ja, natürlich! Nur einen Moment, ich schließe die Tür ab.

MRS. MOFFAT geht hinüber zur Ladentür und verriegelt sie.

MRS. MOFFAT: Man kann nie wissen, nicht dass noch jemand hereinkommt. Vorsicht ist alles, sage ich immer. Mauern haben Ohren und so weiter. Kommen Sie, hier entlang. Vorsicht bei der ersten Stufe, die ist ein bisschen gefährlich.

Sie gehen in das Hinterzimmer.

MRS. MOFFAT: Wir haben Ihre Anweisungen was Iris betrifft befolgt.

BRYANT:	Was Iris betrifft?
MRS. MOFFAT:	Ja, natürlich – was Iris und das Auto betrifft.
BRYANT:	(*Versteht nicht*) Ach ja, was Iris und das Auto betrifft … wie war das noch mal …
MRS. MOFFAT:	Aber Sie erinnern sich doch sicher.
BRYANT:	Ja, ja, natürlich. Ich habe nur an etwas anderes gedacht. (*Eine Pause*) Wie geht es Iris?
MRS. MOFFAT:	Diesbezüglich haben wir noch nichts gehört. Noch nicht.
BRYANT:	Oh, ich verstehe. Und Hardwick?
MRS. MOFFAT:	Der Schutzschirm ist fertig.
BRYANT:	Gut.
MRS. MOFFAT:	Wie sieht es bei Ihnen aus? Sind alle Vorkehrungen getroffen?
BRYANT:	Ja, so ziemlich. Hatten Sie viel Ärger mit Hardwick?
MRS. MOFFAT:	Am Anfang nicht. Er war zu verbittert über die Dinge. Jetzt scheint er ziemlich schwierig zu sein.
BRYANT:	Schwierig?
MRS. MOFFAT:	Ja. Manchmal wird er fast gewalttätig. Der arme Teufel kann nicht verstehen, warum wir ihn in die Hütte verlegt haben.
BRYANT:	Nein. Das kann ich verstehen. (*Pause*) Was würden Sie sagen, wie weit ist die Hütte von hier entfernt?
MRS. MOFFAT:	(*Überrascht*) Wie weit? Aber Sie wissen doch genauso gut wie ich, wo die Hütte ist!
BRYANT:	Natürlich, aber ich war noch nie dort.
MRS. MOFFAT:	Sie waren noch nie dort! Aber Sie haben das Haus doch für uns hergerichtet! Sie waren es, der … (*Entsetzt*) Mein Gott! Sie sind nicht Z.4!
BRYANT:	(*Ruhig*) Es tut mir leid, Sie zu enttäuschen, Mrs. Moffat, aber Sie haben recht. Ich bin

155

nicht Z.4.

MRS. MOFFAT macht einen plötzlichen Schritt auf die Tür zu.

BRYANT: Gehen Sie von der Tür weg! Wenn ich Sie wäre, Mrs. Moffat, würde ich mich hinsetzen. Ich würde ungern diesen wunderschönen Anzug mit einem Schuss durch meine Jackentasche ruinieren.

MRS. MOFFAT: Wer sind Sie? Wer zum Teufel …

BRYANT: (*Knapp*) Alles zu seiner Zeit, Mrs. Moffat, alles zu seiner Zeit.

BRYANT sieht sich im Raum um.

BRYANT: Ist das Telefon durchgeschaltet?

MRS. MOFFAT antwortet nicht.

BRYANT: Mrs. Moffat, vergessen Sie nicht, dass ich eine Waffe auf Sie gerichtet habe. – Ist dieses Telefon durchgeschaltet?

MRS. MOFFAT: (*Zögerlich*) Ja. Ja, das ist es.

BRYANT hebt den Hörer ab.

BRYANT: (*Ins Telefon*) Hallo … Inverdale 83, bitte … ja, 83 … (*Er wartet, zu MRS. MOFFAT*) Nun, Mrs. Moffat, vielleicht haben Sie die Güte, mir mehr über die Hütte zu erzählen.

MRS. MOFFAT: Ich werde Ihnen gar nichts erzählen.

BRYANT: Meine liebe Mrs. … – (*Sein Anruf wird durchgestellt, ins Telefon*) Hallo … Inverdale 83? … Ist das *The Royal Gate*? Holen Sie bitte sofort Mr. Temple an den Apparat! … Ja, Mr. Paul Temple. (*Er wartet und wendet sich wieder an MRS. MOFFAT*) Es geht doch nichts über Geduld, nicht wahr, Mrs. Moffat? Es geht nichts über Geduld …

AUSBLENDEN.

AUFBLENDEN.

Aufenthaltsraum im *The Royal Gate.*

Nach dem Ein- und Ausblenden der Zwischenmusik ertönt die Stimme von FORBES.

FORBES: … Wenn ich nicht einen Anruf von Wright, einem meiner Inspektoren, erwarten würde, dann würde ich auf mein Zimmer gehen und mich aufs Ohr legen …

STEVE: Wer genau ist Inspektor Wright, Sir Graham?

FORBES: Er ist der Mann, der das Haus von Mrs. Moffat bewacht.

TEMPLE: Ach, ja. Ich hatte ihn fast vergessen.

STEVE: (*Plötzlich, zu MRS. WESTON*) Oh, hallo, Mrs. Weston. Gehen Sie aus?

MRS. WESTON: Ja, nur runter ins Dorf.

STEVE: Ein schöner Spaziergang.

MRS. WESTON: Sieht aber nicht allzu schön aus. Der Nebel zieht über den Berg herunter.

STEVE: Ach, ich glaube, es wird schon gehen. Wenn ich Sie wäre, würde ich das Risiko eingehen.

MRS. WESTON: Hoffentlich. Allzu sicher bin ich mir wegen des Wetters nicht.

Die Tür öffnet sich und ALEC kommt herein.

MRS. WESTON: Ja, Alec, was gibt es?

ALEC: Telefon.

MRS. WESTON: Für wen ist es?

ALEC: Das weiß ich nicht.

MRS. WESTON: Haben Sie nicht nachgefragt? (*Eine Pause*) Ach, egal, ich werde das schon herausfinden.

MRS. WESTON und ALEC gehen hinaus.

STEVE: Sieht so aus, als ob das Ihr Anruf ist, Sir Graham.

FORBES: Ja, das hoffe ich.

Eine Pause, dann kehrt MRS. WESTON zurück.

MRS. WESTON: Es ist für Mr. Temple. Sie können das Gespräch in der Eingangshalle entgegennehmen.

TEMPLE: Vielen Dank.

TEMPLE geht.

MRS. WESTON: So, ich gehe jetzt besser. Ich glaube, ich nehme doch meinen Regenschirm mit, nur um auf Nummer sicher zu gehen.

MRS. WESTON geht.

FORBES: Mrs. Weston scheint die Sache gut verkraftet zu haben, nicht wahr?

STEVE: Ja. Es scheint so.

FORBES: Das habe ich so noch nie erlebt.

STEVE: Ich frage mich, was sie wirklich über all das denkt. Wenn zwei Männer direkt vor der eigenen Nase ermordet werden – und einer von ihnen ist zufällig der eigene Ehemann – dann ist es normal, dass …

Die Tür öffnet sich und DR. STEINER kommt herein.

DR. STEINER: Guten Tag, Mrs. Temple. Guten Tag, Sir.

FORBES: Guten Tag, Doktor. Machen Sie einen Spaziergang?

DR. STEINER: Ja. Ja, wenn man ein bisschen dick ist, sollte man sich viel bewegen.

FORBES grunzt, offensichtlich nicht beeindruckt von der Schlussfolgerung.

DR. STEINER: Ich hoffe, wir sehen uns später beim Abendessen?

STEVE: Natürlich.

DR. STEINER: Dann bis später! Auf Wiedersehen.

DR. STEINER geht und schließt die Tür.

FORBES: Ich kann mir nicht helfen, aber aus diesem Kerl werde ich einfach nicht schlau.

Die Tür öffnet sich und TEMPLE kehrt zurück.

STEVE: Oh, da ist Paul ja wieder.

FORBES: Und?

TEMPLE: Das war Bryant.

FORBES: Wo ist er?

TEMPLE: Er ist bei Mrs. Moffat.

FORBES:	(*Überrascht*) Rex Bryant ist bei …? Was zum Teufel macht er dort?
TEMPLE:	Nun, ich muss gestehen, dass ich ihn dorthin geschickt habe.
FORBES:	(*Erstaunt*) *Sie* haben ihn dorthin geschickt?
TEMPLE:	Das habe ich in der Tat.
STEVE:	Aber, Darling, warum?
TEMPLE:	Sobald ich wusste, was die wahre Bedeutung des Zitats ist – mit anderen Worten, der Code, mit dem Z.4 beabsichtigt, mit der Organisation in Kontakt zu treten –, rief ich Bryant an.
STEVE:	Was war der Zweck davon?
TEMPLE:	Ich habe ihn angewiesen, Mrs. Moffat zu besuchen und sich mit Hilfe des Zitats als Z.4 auszugeben.
STEVE:	Dann ist Rex nicht Z.4?
TEMPLE:	Natürlich nicht.
FORBES:	(*Neugierig*) Und, was ist passiert?
TEMPLE:	Ich hatte gehofft, dass Mrs. Moffat auf Rex hereinfällt und den genauen Standort der Hütte preisgibt. Leider ist dieser Plan nicht ganz so gut aufgegangen, wie ich erhofft hatte.
STEVE:	Mrs. Moffat ist aber nicht abgehauen, oder?
TEMPLE:	Aber nein. Rex hat dagegen vorgesorgt. Ich habe ihm einen Revolver geliehen – er sagte, er würde sich zu Tode fürchten, ihn zu benutzen, aber ich nehme an, dass er alles gut im Griff hat.
FORBES:	Dann brauchen wir uns diesbezüglich keine Sorgen zu machen. Z.4 muss immer noch Mrs. Moffat kontaktieren. Wir werden Z.4 kriegen, Temple, und wenn ich das ganze Dorf verhaften muss!
TEMPLE:	Ich glaube kaum, dass das notwendig sein wird, Sir Graham.

FORBES:	(*Plötzlich*) Hören Sie, wir sollten so schnell wie möglich zu Bryant gehen. Nicht dass Z.4 auftaucht, während wir hier herumhängen.
TEMPLE:	Das überlasse ich ganz Ihnen, Sir Graham. Ich habe jedenfalls eine Verabredung in High Moorford, die ziemlich wichtig ist.
FORBES:	(*Überrascht*) Eine Verabredung in High Moorford?
TEMPLE:	Ja.
FORBES:	Mit wem?
TEMPLE:	Mit Iris Archer.
FORBES:	Machen Sie keine Witze!
TEMPLE:	Das tue ich nicht!
FORBES:	Sie wollen damit doch nicht etwa sagen, dass Iris aus dem Zug entkommen ist?
TEMPLE:	Ich fürchte schon. Van Draper und Guest haben für Iris einen Wagen bereitgestellt, der auf sie wartete. Das Auto wurde allerdings so manipuliert, dass die Lenkung etwa zwanzig Minuten nach dem Start versagte.
FORBES:	Großer Gott! Was ist passiert?
TEMPLE:	Glücklicherweise ist Iris nur mit einem ziemlich starken Schreck davongekommen. Sie trifft sich mit mir im Shepley-Hotel in Moorford. Die Sache mit dem Auto hat Iris nicht gerade gefallen, Sir Graham.
FORBES:	Glauben Sie, sie wird reden?
TEMPLE:	Da bin ich mir sicher.
FORBES:	(*Aufgeregt*) Es geht aufwärts, Temple! Selbst wenn wir von Mrs. Moffat nichts über die Hütte erfahren können, haben wir immer noch ein weiteres Eisen im Feuer!
TEMPLE:	Wir werden die Hütte sicher finden. Sehen Sie, van Draper und Guest haben Mrs. Moffats Laden besucht, und laut Rex, der ge-

	rade eintraf, als sie den Laden verließen, ist Ihr Mann ihnen auf den Fersen. Deshalb hat er auch nicht angerufen.
FORBES:	Wenn Draper und Guest also auf dem Weg zur Hütte sind, kann Wright sie nicht übersehen. Es geht auf jeden Fall aufwärts!
STEVE:	(*Unterbricht*) Paul, es ist fast fünf.
TEMPLE:	Ja, danke. (*Zu FORBES*) Wir treffen Sie bei Mrs. Moffatt in etwa einer Stunde, Sir Graham.
STEVE:	Warum bei Mrs. Moffat?
TEMPLE:	Weil Mrs. Moffat Z.4 erwartet. Und ich würde gerne dabei sein, wenn Z.4 kommt!

ABBLENDEN.

AUFBLENDEN.

Eine einsame Landstraße.

Nach dem Ein- und Ausblenden der Begleitmusik Überblendung auf das Geräusch eines mit hoher Geschwindigkeit fahrenden Autos.

GUEST:	Die Straße ist aber rutschig!
VAN DRAPER:	Ja, du solltest lieber vorsichtig sein. Es gibt keinen Grund, so schnell zu fahren.

Eine Pause.

GUEST:	Ist das Auto noch hinter uns?
VAN DRAPER:	Ja.
GUEST:	(*Nervös*) Es ist hinter uns her, seit wir den Laden verlassen haben. Das gefällt mir nicht.
VAN DRAPER:	Konzentriere dich einfach auf die Straße. Wenn er irgendwelche komischen Tricks versucht, dann überlasse ihn mir.
GUEST:	Ja, in Ordnung.
VAN DRAPER:	Wie weit ist es noch?
GUEST:	Wir sind noch nicht einmal in Aberford.

Eine Pause.

VAN DRAPER: Ich frage mich, was mit Iris passiert ist.

GUEST: Nachdem, was mit dem Auto passiert ist, kann sie nicht überlebt haben.

VAN DRAPER: Können wir nicht in Aberford anhalten und eine Abendzeitung kaufen? Vielleicht steht darin etwas darüber.

GUEST: Ich hoffe, in der Hütte ist alles in Ordnung.

VAN DRAPER: Warum meinst du?

GUEST: Hardwick war in einer schrecklichen Stimmung, als wir gingen. Ich hatte den Eindruck, dass er kurz davor war, auszurasten …

VAN DRAPER: Mach dir keine Sorgen – die Sache ist schon in Ordnung. (*Kichern*) Wenn du gesehen hättest, wie ich ihn gefesselt habe, hättest du … (*Er hört auf zu kichern*)

GUEST: (*Ängstlich*) Was ist los?

VAN DRAPER: Das Auto ist immer noch hinter uns. Ich dachte, er würde auf der Hauptstraße bleiben, als wir abbogen. Aber er folgt uns definitiv.

GUEST: (*Ängstlich*) Was sollten wir jetzt tun, was glaubst du?

VAN DRAPER: Fahre etwas langsamer. Wenn er uns dann überholt, rammst du ihn und drängst ihn von der Straße.

GUEST: (*Perplex*) Aber Van, wir können doch nicht …

VAN DRAPER: (*Wütend*) Tu, was ich sage!

GUEST: (*Leise, nach einer Pause*) Okay, was immer du sagst.

Der hintere Wagen nähert sich.

VAN DRAPER: (*Ruft*) Jetzt! Fahre nach links! Und zwar sofort! Beeil dich!

GUEST: Achtung, wir kommen ins Schleudern!

VAN DRAPER: Verdammt noch mal! Was ist los?!

Es gibt einen gewaltigen Aufprall der Autos aufeinander, gefolgt vom Zerbersten von Glas.

162

Es folgt eine Pause.

GUEST: (*Bewegt sich krampfhaft mit großer Mühe*) Ah … oh … van Draper, alles in Ordnung mit dir? (*Eine Pause*) Van? (*Plötzlich, verzweifelt*) Van Draper! Van Draper! (*Leise*) Meine Güte, er ist ... tot.

AUSBLENDEN.

AUFBLENDEN.
<u>Die Rezeption des Shepley-Hotels.</u>
Nach der Zwischenmusik ertönt die Stimme eines REZEPTIO-NISTEN in einem Hotel.

REZEPTIONIST: Guten Tag, Sir.

GUEST: Guten Tag. Könnte ich bitte ein Zimmer haben? Ein Einzelzimmer, wenn Sie eines frei haben. Ich bleibe vielleicht für ein oder zwei Tage.

REZEPTIONIST: Gerne, Sir. Lassen Sie mich kurz nachsehen. (*Eine Pause*) Ah ja, Zimmer 14 ist frei. (*Gibt GUEST den Schlüssel*)

GUEST: Vielen Dank. Und könnten Sie mir einen großen doppelten Scotch auf mein Zimmer schicken lassen? Ach, und ich möchte das Abendessen auf meinem Zimmer einnehmen – gegen halb acht.

REZEPTIONIST: Sehr wohl, Sir.

Der REZEPTIONIST läutet eine Glocke.

REZEPTIONIST: Wenn Sie sich bitte noch in das Gästebuch eintragen würden, Sir.

GUEST: Natürlich.

GUEST trägt sich ein. Eine Pause.

REZEPTIONIST: Vielen Dank, Major Guest. Das Zimmer befindet sich in der ersten Etage.

GUEST: Vielen Dank. Oh, und machen Sie besser eine Flasche Scotch daraus, ja?

REZEPTIONIST: Sehr gerne, Sir.
AUSBLENDEN.

AUFBLENDEN.

Zimmer 14 im Shepley-Hotel.

Die Tür geht auf und der KOFFERTRÄGER und GUEST kommen herein.

GUEST: Vielen Dank. Stellen Sie bitte meinen Koffer dorthin.

KOFFERTRÄGER: Ja, Sir.

GUEST: (*Gibt dem KOFFERTRÄGER ein Trinkgeld*) Hier, das ist für Sie.

KOFFERTRÄGER: Vielen Dank, Sir.

Der KOFFERTRÄGER geht und schließt die Tür hinter sich. GUEST öffnet seinen Koffer. Plötzlich öffnet sich die Tür und schließt sich wieder.

GUEST: (*Glaubt, einen Geist zu sehen*) Iris! Wie zum Teufel kommst du hierher?

IRIS: Überrascht, Major?

GUEST: Was – was ist passiert?

IRIS: Keine Sorge, dein kleiner Trick mit der Lenkung hat gut funktioniert. Es gab einen sehr spektakulären Unfall, der dir sehr gefallen hätte – (*Plötzlich*) Lass die Waffe fallen!

GUEST lässt die Waffe fallen, die er in der Hand hält. IRIS hebt sie auf.

IRIS: Befolge die Anweisungen bis zum Schluss!

GUEST: (*Nervös*) Iris … die Dinge sind ernst, verdammt ernst.

IRIS: Was meinst du damit?

GUEST: Nachdem du uns am Bahnhof verlassen hast, sind Van und ich zu Mrs. Moffat gefahren. Vor etwa zwei Stunden sind wir dann zur Hütte aufgebrochen.

IRIS: Das ist nicht besonders interessant …

GUEST:	Wir wurden verfolgt, Iris. Sie haben einen Mann, der den Laden seit einer Woche beobachtet.
IRIS:	Und weiter?
GUEST:	Der Mann holte uns etwa eine Meile vor Aberford ein, und die beiden Autos ... Mein Gott, es gab einen Unfall! Ich dachte zuerst ...
IRIS:	Es wurde euch wohl mit gleicher Münze heimgezahlt, was? Erzähl weiter ...
GUEST:	Van wurde dabei getötet – ich denke, er war sofort tot. Der andere Kerl wurde ziemlich übel zugerichtet, aber sein Auto war in Ordnung, also setzte ich die Fahrt damit allein fort.
IRIS:	Zur Hütte?
GUEST:	Ja. Als ich zum Boot kam, bemerkte ich Rauch, der um die Landzunge herum aufstieg. Als ich dann mit dem Boot über den Skellydown-See fuhr, lag die ganze Hütte praktisch in Trümmern.
IRIS:	Wie um alles in der Welt konnte das passieren?
GUEST:	Als Van und ich die Anweisung erhielten, dich in High Moorford aus dem Zug zu holen, ließen wir Hardwick allein in der Hütte zurück. Er konnte nicht entkommen – dafür haben wir gesorgt, aber wir hätten uns nie träumen lassen, dass er das Haus in Brand setzen würde.
IRIS:	Und was ist mit dem Schutzschirm und dem Strahl passiert? Und mit Hardwick?
GUEST:	Ich glaube, es gibt keinen Zweifel daran, was mit Hardwick passiert ist ... Als ich am Ufer des Sees stand und auf das starrte, was von der Hütte übrig war, fühlte ich mich plötzlich

verzweifelt und hatte höllische Angst. Ich wusste, dass Z.4 kurz davor war, Mrs. Moffat zu kontaktieren. Ich wusste, dass man van Draper früher oder später finden und dass sich das Netz immer enger ziehen würde. Ich fuhr über den See zurück und beschloss dann, eine Weile hier zu bleiben und abzuwarten, wie sich die Dinge entwickelten.

IRIS: Die Dinge werden sich gut entwickeln.

GUEST: In ein oder zwei Tagen werde ich wohl in die Stadt zurückkehren.

IRIS: Ach wirst du das, Major? Das ist sehr interessant.

GUEST: Wie meinst du das?

IRIS: Ganz einfach: Wenn es nicht ein kleines Wunder gegeben hätte, dann wäre ich jetzt nicht hier. Du hast dein Bestes getan, mich loszuwerden – und ich bin immer darum bemüht, meine Schulden zu bezahlen.

GUEST: Iris …

IRIS: Du brauchst erst gar keine ausgefallenen Tricks zu versuchen …

GUEST: Was hast du vor?

Eine Pause.

IRIS: So seltsam es auch erscheinen mag, Major, ich werde hier mit dir warten, bis ein Freund von mir eintrifft.

GUEST: Ein Freund? Welcher Freund?

IRIS: Ich denke, er wird eine ausgezeichnete Gesellschaft für dich sein. Ich spreche von Temple.

GUEST: Paul Temple! (*Wird wütend*) Was denn, du dreckige, hinterhältige, kleine …

GUEST macht einen Schritt auf IRIS zu.

IRIS: (*Bedrohlich*) Bleib zurück, Major. Ich habe keine Angst, die hier zu benutzen!

GUEST: Aber, Iris, du kannst doch nicht …

IRIS: Ob du willst, oder nicht, Major, du wirst auf Paul Temple warten!

ABBLENDEN.

AUFBLENDEN.

Der Laden von Mrs. Moffat.

Nach der Zwischenmusik ertönt die Stimme von FORBES.

FORBES: Eigentlich hatte ich mir gedacht, dass Ihre Unternehmung ein fruchtloses Unterfangen wird.

TEMPLE: Ganz und gar nicht. Dass Guest aufgetaucht ist, hat Iris' Rachegelüste befriedigt. Jetzt ist sie mit ihm quitt. Das ist es auch, was Iris wollte, Sir Graham.

FORBES: (*Wechselt das Thema*) Wie spät ist es, Temple?

TEMPLE: Auf meiner Uhr ist es 19 Uhr 20.

STEVE: (*Kontrolliert auf ihrer Uhr*) Stimmt, Darling, ich habe meine Uhr vorhin direkt nach dem Radio gestellt.

FORBES: Mein Gott, ich bin schon seit über zwei Stunden hier!

MRS. MOFFAT: (*Unfreundlich*) Und wie lange wollen Sie noch bleiben? Wir sitzen hier herum wie die Ölgötzen. Vergessen Sie nicht, dass der Laden um acht Uhr schließt.

FORBES: Ich denke, Sie wissen, warum wir hier sind und bleiben, Mrs. Moffat. Und Sie sollten auch das Beste daraus machen. Wir sind hier, bis Z.4 eintrifft.

MRS. MOFFAT: Dann lassen Sie uns um Himmels willen nach vorne in den Laden gehen. Wir können nicht alle hier im Hinterraum bleiben. Wenn nicht bald etwas Luft in dieses Zimmer kommt,

	werde ich noch ohnmächtig.
STEVE:	Es ist wirklich ziemlich stickig, Sir Graham.
FORBES:	Ich weiß. Aber von hier aus können wir die Tür sehen, ohne bemerkt zu werden. Außerdem muss der Laden leer erscheinen, sonst kommt Z.4 nicht herein.
TEMPLE:	Wir haben ohnehin keine Garantie, dass er das tun wird. Die jüngsten Ereignisse könnten seine Pläne geändert haben.
FORBES:	Ja, diese Möglichkeit besteht. Aber irgendwie habe ich das Gefühl, dass er erscheinen wird – und zwar ziemlich bald.
STEVE:	Was ist mit Rex, Sir Graham?
FORBES:	Ich habe ihn zurück in den Gasthof geschickt. Es hatte keinen Sinn, dass er hier blieb. Außerdem wollte er unbedingt mit dem Schreiben seiner Geschichte beginnen. Vielleicht ist er aber auch zur Hütte gefahren, um zu sehen, ob …

Das Telefon klingelt. FORBES hebt den Hörer ab.

FORBES:	(*Ins Telefon*) Hallo? … Ach, Sie sind es, Murphy! … Ja? … In Ordnung … Gut … Denken Sie daran, Ihre Augen offen zu halten, und zögern Sie nicht, die Leute in die Schranken zu weisen. Es ist völlig egal, wer sie sind.

FORBES knallt den Hörer auf die Gabel.

FORBES:	Das war einer meiner Männer, der von der Telefonzelle unten an der Straße aus angerufen hat. Dieser Laden hier wird bewacht wie der Tower von London. Wenn wir Z.4 erst mal hier drin haben, wird er niemals …

Die Ladentür öffnet sich und die Klingel ertönt.

TEMPLE:	(*Unterbricht FORBES*) Sch!
STEVE:	(*Leise*) Es ist Dr. Steiner!
FORBES:	Sie wissen, was zu tun ist, Mrs. Moffat. Und

vergessen Sie dieses Zitat nicht. Es darf kein Fehler passieren.

TEMPLE: (*Auffordernd*) Er wartet, Mrs. Moffat!

MRS. MOFFAT geht in den Laden vor.

MRS. MOFFAT: (*Etwas nervös*) Guten Abend, Sir.

DR. STEINER: Guten Abend. Ich hätte gerne ein paar Postkarten, bitte.

MRS. MOFFAT: Gerne. Möchten Sie einfache Postkarten oder …

DR. STEINER: Nein, Ansichtskarten, bitte.

MRS. MOFFAT: Sind Sie … Sind Sie fremd in dieser Gegend?

DR. STEINER: Ja, leider, sehr fremd sogar. Ich bin aus Philadelphia in den Vereinigten Staaten.

MRS. MOFFAT: Philadelphia! Das muss ein sehr langer Weg sein?

DR. STEINER: Tja, das kommt darauf an, wo man die Reise startet. (*Er lacht*) Ah, ja. Jetzt hätte ich bald darauf vergessen – die Ansichtskarten. Wie viel?

MRS. MOFFAT: Sixpence.

STEINER: Vielen Dank.

Eine Pause.

MRS. MOFFAT: Philadelphia. … Es muss eine wunderbare Sache sein, zu reisen. Ich wünschte oft, ich hätte die Zeit dazu – und natürlich auch das Geld. Was sagte Shakespeare über Reisende?

Eine weitere Pause.

DR. STEINER: (*Kichert*) Das weiß ich aus dem Stegreif nicht, Madam. Aber ich denke, wir können davon ausgehen, dass es nicht sehr aussagekräftig war. (*Eine Pause*) Sixpence, sagten Sie, glaube ich?

MRS. MOFFAT: Das ist richtig.

DR. STEINER: Ach, diese englischen Münzen sind so schwer auseinanderzuhalten … Ja, da haben wir's …

Sixpence. (*Gibt ihr das Geld*)

MRS. MOFFAT: Danke.

DR. STEINER: Gute Nacht, Madam.

MRS. MOFFAT: Gute Nacht.

Als DR. STEINER geht, ertönt die Ladenglocke erneut. Die Tür wird geschlossen, MRS. MOFFAT geht wieder in den hinteren Raum.

FORBES: (*Fassungslos*) Nun, jetzt weiß ich aber auch nicht mehr!

MRS. MOFFAT: Ich hoffe, Sie sind zufrieden.

Eine Uhr schlägt acht.

MRS. MOFFAT: Ich schließe jetzt den Laden – sonst bekomme ich noch ein Bußgeld von der Polizei wegen Verstoßes gegen die Vorschriften.

TEMPLE: Einen Moment, Mrs. Moffat, ich glaube, die Uhr geht fünf Minuten vor.

MRS. MOFFAT: (*Verärgert*) Oh!

Die Ladentür öffnet sich wieder und die Klingel ertönt.

FORBES: Da ist noch jemand!

STEVE: (*Gleichgültig*) Ach, das ist nur Mrs. Weston.

FORBES: Was zum Teufel will die denn jetzt noch?

Gespräch im Laden.

MRS. WESTON: Guten Abend, Mrs. Moffat.

MRS. MOFFAT: Guten Abend, Mrs. Weston. Ein schreckliches Wetter haben wir, nicht wahr?

MRS. WESTON: Ja, die Wahrheit ist, dass ich mich nicht an einen schlimmeren Winter als diesen erinnern kann. Wir scheinen seit August nichts als Regen gehabt zu haben.

MRS. MOFFAT: Das mit Ihrem Mann tut mir sehr leid. Es muss ein schrecklicher Schock für Sie gewesen sein.

MRS. WESTON: (*Mit einem Seufzer*) Ich glaube nicht, dass irgendjemand jemals verstehen wird, wie sehr ich ihn vermisse. Es gibt Momente, in denen ich mich selbst dabei ertappe … (*Plötzlich mit einem Seufzer*) Ach ja, weswegen bin ich denn nun eigentlich hier? Wirklich, mein Gedächtnis wird immer schlechter. (*Denkt nach*) Ah, jetzt weiß ich es wieder. Ich habe mich gefragt, ob Sie vielleicht einen Koffer haben, den ich mir ausleihen könnte. Ich habe nur einen dieser altmodischen Koffer und ich fahre für ein paar Tage zu meiner verheirateten Schwester. Ich dachte, ein bisschen Abwechslung würde mich auf andere Gedanken bringen.

MRS. MOFFAT: Ja, ich denke, da kann ich Ihnen helfen. Sie wollen den Koffer doch nicht sofort mitnehmen, oder?

MRS. WESTON: Oh nein, es besteht keine große Eile.

MRS. MOFFAT: Dann soll der Junge morgen früh vorbeikommen und ihn abholen.

MRS. WESTON: Das wäre sehr nett, Mrs. Moffat.

MRS. MOFFAT: Ist es eine lange Reise, die Sie machen werden?

MRS. WESTON: Ja, es ist ein ordentlicher Weg. Nach Hove. Wissen Sie, das ist in der Nähe von Brighton. Waren Sie schon mal in Hove?

MRS. MOFFAT: Nein. Leider nicht. Es gibt nicht viele Orte, an denen ich schon war, Mrs. Weston. Das ist leider die Wahrheit. Aber ich habe oft daran gedacht, dass ich gerne reisen würde – vorausgesetzt natürlich, ich hätte die Zeit und das Geld. (*Eine Pause*) Was hat Shakespeare über Reisende gesagt?

Eine Pause.

MRS. WESTON: (*Ernst*) Er sagte: »Nie logen Reisende, schilt gleich zu Haus' der Tor sie.«

MRS. MOFFAT schnappt nach Luft. Hinter ihr wird die Tür

aufgestoßen.

TEMPLE: (*Bestimmt*) Lassen Sie die Tasche fallen, Mrs. Weston!

MRS. MOFFAT: (*Perplex*) Aber ... Aber ... Das ist doch sicher nicht ...?

TEMPLE: Kommen Sie schon, Forbes, worauf warten Sie noch?

FORBES: Aber, Temple, Sie können doch nicht meinen, dass Mrs. Weston ...

TEMPLE: Sir Graham, erlauben Sie mir, Ihnen die Anführerin der größten Spionageorganisation in Europa vorzustellen – Z.4.

AUSBLENDEN.

AUFBLENDEN.

Paul Temples Wohnung.

Nach dem Aufblenden dramatischer Begleitmusik, wird die Musik ausgeblendet und wir hören STEVE.

STEVE: Noch eine Tasse Kaffee, Sir Graham?

FORBES: Nein danke, Steve.

STEVE: (*Überlegt*) Darling, da ist nur noch eine Sache, die ich in dieser ganzen Angelegenheit nicht verstehe, und zwar, wie zum Teufel erklärst du die Sache mit ...

TEMPLE: Wie zum Teufel soll ich die Sache mit dem Flachmann erklären?

STEVE: Na ja, die Flasche gehörte ja dir, und immerhin ...

TEMPLE: ... immerhin war Zyankali in darin. Ja, da stimme ich dir zu. Aber als Mrs. Weston die Flasche für mich füllte, wollte sie wohl nicht, dass Ben ...

STEVE: (*Erschrickt bei dem Gedanken*) Oh, Paul, du meinst doch nicht etwa, dass sie ...

TEMPLE: Doch. Ich hatte diesbezüglich großes Glück,

und bin dem Tod noch einmal von der Schippe gesprungen …

FORBES: Zu diesem Zeitpunkt war ich mir mehr denn je sicher, dass Steiner Z.4 war. Denn es war Steiner, der den Drink überhaupt erst vorgeschlagen hatte!

TEMPLE: Ja, aber Steiner konnte unmöglich wissen, was in dem Fläschchen war.

FORBES: Er könnte es gewusst haben, Temple. Das ist sehr schwer zu sagen. War der Flachmann übrigens Ihr erster Hinweis darauf, dass Mrs. Weston darin verwickelt war?

TEMPLE: Nein, das Fläschchen hat nur bestätigt, was ich bereits wusste. Ich hatte schon von Anfang an den leisen Verdacht, dass Mrs. Weston etwas mit der Angelegenheit zu tun hatte.

STEVE: Aber, Darling, warum?

TEMPLE: Nun, zunächst einmal gab Ernie Weston den Brief zurück, den er gestohlen hatte und der offensichtlich von größter Bedeutung für Z.4 war. Kurz nachdem er den Brief zurückgegeben hatte, wurde Weston ermordet. Und warum? Offensichtlich, weil er unwissentlich die Katze aus dem Sack gelassen hatte, was den Brief betrifft.

FORBES: Sie meinen, dass er seiner Frau davon erzählt hat, ohne zu wissen, dass sie Z.4 ist?

TEMPLE: Genau. Obwohl es natürlich nicht ganz so einfach war, wie es zu dem Zeitpunkt aussah. Ich wusste, dass er jemandem von dem Brief erzählt hatte, und ich war mir ziemlich sicher, dass es sich dabei um Z.4 handelte. Aber es hätte auch Steiner sein können, oder vielleicht Bryant, oder eine andere Person, von der wir noch nie gehört hatten.

FORBES:	Aber wenn es Bryant oder Steiner gewesen wären, dann hätte Weston doch mit ihnen befreundet gewesen sein müssen.
TEMPLE:	Dieser Punkt ist mir sofort aufgefallen. Sie müssten in der Tat gewusst haben, dass Ernie Weston das war, was man schönfärberisch einen Kleptomanen nennt. Sie müssten in der Tat gewusst haben, dass er die Angewohnheit hatte, sich an den Besitztümern anderer Leute zu bedienen. Dennoch waren sowohl Bryant als auch Steiner sichtlich perplex über den Verlust der Uhrkette beziehungsweise des Paars Manschettenknöpfe.
FORBES:	Und weiter?
TEMPLE:	Nun, wenn man davon ausgeht, dass Steiner und Bryant das waren, was sie zu sein schienen, oder zumindest nicht definitiv mit Z.4 in Verbindung standen, dann muss Weston offensichtlich mit jemand anderem gesprochen haben – jemandem, der genau wusste, welches Spiel er spielte. Es schien mir, dass dieser Jemand sehr leicht eine naheliegende Person sein könnte. Eine Person, mit der Weston wirklich reden würde, ohne dem Gespräch eine besondere Bedeutung beizumessen. Jemand, wie seine Frau …
FORBES:	Versuchen Sie nicht, Ihre Zigarre noch einmal anzuzünden, Temple. Hier, nehmen Sie eine von diesen.

TEMPLE lacht.

FOBRES:	Die Zigarren waren ein Geschenk von Rex Bryant. Eine Art Gegenleistung für eine exklusive Geschichte.
TEMPLE:	(*Nimmt eine Zigarre*) Vielen Dank.

TEMPLE zündet seine neue Zigarre an.

174

FORBES: Also, erzählen Sie weiter, Temple, wie Sie das Feld eingegrenzt haben.

TEMPLE: Später, als Steve und ich Vorbereitungen trafen, um nach Aberdeen zu fahren und dieser schreckliche Unfall passierte, wurde es ziemlich offensichtlich, dass Z.4 tatsächlich in dem Gasthof war. Nur jemand, der im Gasthaus wohnte, konnte von unseren Vorbereitungen erfahren haben. Wenn es in meinem Kopf diesbezüglich noch Zweifel gab, so wurden diese nach unserer Erfahrung in Skerry Lodge sehr schnell ausgeräumt.

STEVE: (*Schaudert*) Erinnere mich bloß nicht daran, Darling!

FORBES: Ja, aber das schließt Dr. Steiner oder Rex Bryant als mögliche Verdächtige nicht aus. Oder Iris Archer, um genau zu sein. Erinnern Sie sich, alle drei wohnten im *The Royal Gate.*

TEMPLE: Wenn Dr. Steiner Z.4 gewesen wäre, hätte er Iris wohl kaum bei ihrer Suche nach dem Brief unterbrochen. Vergessen Sie nicht, dass sie Anweisungen von Z.4 befolgt hat.

FORBES: Sie meinen durch Mrs. Moffat? (*Nickt*) Ja, das ist wahr.

TEMPLE: Ehrlich gesagt, Sir Graham, habe ich Rex Bryant von Anfang an nicht verdächtigt. Der Fund der Uhrkette bei Weston hatte auf mich genau den gegenteiligen Effekt als beabsichtigt. Sie hat mich von seiner Unschuld mehr als überzeugt.

FORBES: Ja. Ich hatte auch den Verdacht, dass es sich hier um eine zu offensichtliche Art der Irreführung handelte.

TEMPLE: Und nun kommen wir zu Mrs. Weston. Erstens war Sie immer im Gasthof und daher in der Lage, die meisten unserer Gespräche zu belauschen. Bei einer Gelegenheit, als wir über Lindsays Brief sprachen, marschierte sie doch tatsächlich in das Zimmer unter dem Vorwand, das Kaffeegeschirr wegzuräumen.

FORBES: Das erschien mir damals ganz natürlich.

TEMPLE: Ja, sie war eine kluge kleine Frau und sie hatte ein Gespür für Zeit und Ort. Zweitens war sie außerdem, wie ich bereits erwähnte, diejenige Person, der ihr Mann den Brief am ehesten anvertraut hätte. Und drittens ist ihr ein schlimmer Fehler unterlaufen.

FORBES: (*Perplex*) Was meinen Sie, Temple?

TEMPLE: Sie erinnern sich wahrscheinlich, dass ich einige interessante Details über Iris' Vergangenheit entdeckt habe. Details, von denen Z.4 wusste, die Iris aber zu verbergen suchte?

FORBES: Ja.

TEMPLE: Ich erhielt ein Telegramm, das meinen Verdacht hinsichtlich Iris bestätigte, aber als man es mir gab, war es bereits geöffnet worden.

FORBES: Sie meinen, Mrs. Weston hat es tatsächlich selbst geöffnet?

TEMPLE: Genau. Aber dadurch, dass sie die Tatsache selbst erwähnte, das Telegramm in einem entscheidenden Moment überbrachte und scheinbar gleichgültig gegenüber der ganzen Angelegenheit wirkte, hätte dieser Punkt sehr leicht übersehen werden können. (*Er lacht*) Ich habe Ihnen doch gesagt, dass sie einen guten Sinn für Zeit und Ort hat, Sir Graham.

FORBES: Langsam fange ich an, klar zu sehen. Sobald Mrs. Weston das Telegramm las, wusste sie, dass Sie alles über Iris wussten und dass Iris früher oder später reden würde.

| TEMPLE: | Natürlich haben Sie das Geheimnis herausgefunden, nicht wahr, Sir Graham? |

FORBES nimmt einen Brief aus seiner Tasche.

| FORBES: | Ja, ja. Ihre Theorie über Mrs. Weston wird dadurch bestätigt. Sie war definitiv das Zimmermädchen im Hotel Martinez. Schon damals verdächtigten die französischen Behörden sie der Spionage. |

| TEMPLE: | (*Grinst*) Sie haben aber nicht lange gebraucht, um das zu überprüfen, Sir Graham! |

| STEVE: | Paul, erinnerst du dich, als du Ernie Weston nach deinem Feuerzeug gefragt hast? |

| TEMPLE: | Ja. |

| STEVE: | Was war die Idee dahinter? |

| TEMPLE: | Oh, das war nur, um seine Reaktionen zu sehen, Liebling. Ich wusste damals mit Sicherheit, dass er die Angewohnheit hatte, sich an den Sachen anderer Leute zu bedienen, und dass er höchstwahrscheinlich für das Verschwinden des Briefes verantwortlich war. |

| STEVE: | Sind die Leute vom Kriegsministerium schon nach London zurückgekehrt, Sir Graham? |

| FORBES: | Oh ja. In der Hütte konnten sie nicht viel tun. Das Feuer hat sie völlig zerstört. Sie durchsuchten natürlich die Überreste, in der Hoffnung, etwas von Hardwicks Plänen zu finden, aber es war sinnlos. |

| STEVE: | Der arme Mann … Wie kann man nur ein Feuer in der Hütte legen, wenn man weiß, dass man selbst dabei getötet wird. |

| FORBES: | Es ist alles sehr traurig. Was sich der Mann am Ende gedacht hat … nun, das ist mir schleierhaft. (*Eine Pause*) Nun, ich muss los. Aber vergessen Sie nicht, dass Sie nächsten Donnerstag mit uns essen, meine Frau rechnet |

	damit.
TEMPLE:	(*Lacht*) Steve spricht bereits davon, dass wir wieder Urlaub machen, Sir Graham.
FORBES:	(*Amüsiert*) Nun, Sie haben sich eine gute Erholung verdient. Auf Wiedersehen, Steve.
STEVE:	Auf Wiedersehen, Sir Graham. Wir sehen uns am Donnerstag.
FORBES:	Sie müssen mich nicht hinausbegleiten, Temple. Ich kenne den Weg.
TEMPLE:	Auf Wiedersehen, Sir Graham.

FORBES geht und die Tür schließt sich.

TEMPLE:	Alles in Ordnung, Steve?
STEVE:	Ja. Es ist so schön, wieder zu Hause zu sein, nicht wahr?
TEMPLE:	(*Lacht*) Heißt das, wir können ein paar Wochen hier bleiben, bevor wir wieder auf Reisen gehen?
STEVE:	Nun … Eigentlich habe ich an den Comer See gedacht. Schließlich waren wir seit unseren Flitterwochen nicht mehr dort, Darling.
TEMPLE:	Ja.
STEVE:	Erinnerst du dich an den See, Paul? Er war so blau … so tief … und so romantisch blau.
TEMPLE:	Alle diese Seen waren blau, mein Schatz.
STEVE:	Nein, der See am Fuße des Waldes, der war der blaueste von allen. Du weißt schon welcher See – ich meine den, an dem wir den Streit darüber hatten, ob Fische sprechen können?
TEMPLE:	Welchen Streit?
STEVE:	(*Wehmütig*) Unseren ersten …
TEMPLE:	(*Lacht*) Ach ja! Das war ein furchtbarer Krach für Flitterwöchner! Was für ein Start in unser Eheleben!

Aufblenden der Schlussmusik.

ABBLENDEN.

ENDE.

Stab, Besetzung, Hintergründe:
Hörspiel und Auswertungen

Nachwort
von Dr. Georg Pagitz

Auf den folgenden Seiten finden Sie Informationen zur Besetzung der Rollen im Originalhörspiel sowie in den jeweiligen anderen Versionen und in der Verfilmung. Außerdem gibt es zu den jeweiligen Produktionen einige Hintergrundinformationen.

News of Paul Temple
Sechsteilige Hörspielserie, Großbritannien 1939
Dauer: 6 x ca. 25 Minuten
Ausstrahlung BBC:
13. November 1939 – 18. Dezember 1939,
jeweils montags um 18.15 Uhr

Paul Temple . . . . HUGH MORTON
Steve, seine Frau BERNADETTE HODGSON
Sir Graham Forbes . . . . LESTER MUDDITT
Iris Archer . . . . DIANA MORRISON
Dr. Ludwig Steiner . . . MAURICE DENHAM
. . . . .LEO VON POKORNY
Rex Bryant . . . . IVAN SAMSON
. . . . MAURICE DENHAM
Mrs. Moffat . . . . MARY O'FARRELL
. . . . MONA HARRISON
Laurence van Draper . NORMAN SHELLEY
. . . . .BRUCE WINSTON

Major Guest . . . . CYRIL NASH
Mrs. Weston . . . . AUDREY CAMERON
. . . . GWEN LEWIS
Ernie Weston . . . . DICK FRANCIS
David Lindsay . . . . . GEOFFREY WINCOTT
. . . . BEN WRIGHT
Ben . . . . EDWARD SCOTT
Inspektor Fuller . . . . ALAN HOWLAND
Pryce / Ansager . . . . CLIFFORD BEAN
Ein Redakteur . . . . DICK FRANCIS

Ein Hörspiel von . . FRANCIS DURBRIDGE
Produktion / Regie . MARTYN C. WEBSTER

Wie aus der Besetzungsliste hervorgeht, kam es zu Umbesetzungen. Da es ein Livehörspiel war, konnte dies durch Erkrankungen oder andere Ausfälle der jeweiligen Sprecherinnen und Sprecher durchaus vorkommen.

Die Episodentitel lauteten wie folgt (wobei Episode 5 laut *Radio Times* den Titel *Episode 5 In Which Mrs Moffat Receives a Visitor* trug):

1. The Stage is Set   [13.11.1939]
2. Concerning Z.4   [20.11.1939]
3. Instructions for a Murder   [27.11.1939]
4. Appointment with Danger   [04.12.1939]
5. Mrs Moffat Receives a Visitor   [11.12.1939]
6. Introducing Z.4   [18.12.1939]

Wie die Besetzung der Titelrollen zustande kam, erklärte Regisseur Martyn C. Webster 1939 gegenüber der *Radio Times* so: »Nach vierzehn Tagen hatten wir eine vollständige Besetzungsliste, mit Ausnahme der beiden Hauptdarsteller: Paul Temple und Steve. Für Temple brauchten wir jemanden mit Mikrophonerfahrung, der gleichzeitig eine dominante Persönlichkeit und die für die Rolle so wichtige Leichtigkeit besitzt. Wir haben etwa vierzehn Schauspieler ausprobiert und uns schließlich für den vielseitigen jungen Hugh Morton entschieden. Das gleiche Problem hatten wir mit Steve. Sie musste eine weiche, warme Stimme haben und dennoch in der Lage sein, sich in emotionale Höhen zu steigern. Wir probierten mehrere Leute aus, ohne Erfolg, und dann hörte ich eines Tages ein Stück der Kinderstunde, und das Mädchen, das die Hauptrolle spielte, war genau unsere Vorstellung von Steve. Ihr Name war Bernadette Hodgson und es war erfreulich, dass ihr Aussehen zu ihrer Stimme passte. Nicht, dass das für einen Radioproduzenten wirklich wichtig wäre, aber, wie gesagt, es war erfreulich!«

Zum Start von *News of Paul Temple* schrieb die *Radio Times* außerdem: »Bei allem Respekt vor Serienversionen von Klassikern: Eine Serie, bei der man das Ende nicht durch einen Blick auf die Rückseite des Buches vorhersehen kann, hat eine ganz andere Art von Nervenkitzel. Es gibt keine erfolgreichere Radioserie als die Paul-Temple-Geschichten und wir freuen uns, dass das neueste Abenteuer von Paul Temple, geschrieben von Francis Durbridge, ab dem 13. November jeden Montag um 18.15 Uhr ausgestrahlt wird. Hugh Morton wird wieder die Hauptrolle spielen, mit Bernadette Hodgson als Steve an seiner Seite. Martyn Webster wird produzieren und inszenieren. Diesmal kommt der unfehlbare Paul mit seiner attraktiven Frau mit dem Flugzeug aus Amerika zurück, um an seinem neuen Theaterstück zu arbeiten. Iris Archer, die berühmte Schauspielerin, soll die Hauptrolle spielen, doch plötzlich und unerklärlicherweise schmeißt sie die Rolle hin. Paul und Steve machen Urlaub in Schottland und werden sofort in eine höchst unheimliche Spionageaffäre verwickelt, in der es um vergiftete Zigaretten, Schießereien, geheimnisvolle Erfindungen und einen Superspion geht, den noch nie jemand gesehen hat und der nur als Z.4 bekannt ist. Nach dem, was wir über diese Serie gehört haben, werden Sie von Anfang bis Ende in Atem gehalten werden.«

Im Jahr 1944 kam es zu einer einstündigen Produktion

des Stoffs. Francis Durbridge kürzte dafür das Manuskript auf 60 Minuten.

News of Paul Temple
Einteiliges Hörspiel, gekürzte Version, Großbritannien 1944
Dauer: 60 Minuten
Ausstrahlung BBC:
Mittwoch, 5. Juli 1944, 16.00 Uhr

Paul Temple . . . . RICHARD WILLIAMS
Steve . . . . .LUCILLE LISLE
Sir Graham Forbes . . . LAIDMAN BROWNE
Rex Bryant . . . . LEWIS STRINGER
Ein Redakteur . . . . ARTHUR RIDLEY
Iris Archer . . . . .GRIZELDA HERVEY
Mrs Moffat . . . . MOLLY RANKIN
David Lindsay . . . . BASIL JONES
Laurence V. Draper . ALEXANDER SARNER
Major Guest . . . . .CYRIL GARDINER
Mrs. Weston . . . . GLADYS YOUNG
Ernie Weston . . . . . PRESTON LOCKWOOD
Ben Collins . . . . FRANK COCHRANE
Alec . . . . DUNCAN MCLNTYRE

Ein Hörspiel von . . FRANCIS DURBRIDGE
Produktion / Regie . MARTYN C. WEBSTER

Im Vorwort erwähnten wir schon, dass es auch eine niederländische Produktion gab. Die Ausstrahlung des Sechsteilers *Paul Vlaanderen en het Z4 mysterie* war in wöchentlichen Abständen vom 14. April bis zum 19. Mai 1940 als Livesendung geplant. Von den sechs Episoden wurden allerdings nur vier ausgestrahlt, da der Zweite Weltkrieg auch die Niederlande erreichte und sich das Land ab 10. Mai 1940 im Krieg befand. Auf diese Weise wurden Folge 5 und 6 nicht gesendet

(Anmerkung: Paul Temple und Steve wurden in den Niederlanden in Paul Vlaanderen und Ina umbenannt).

Paul Vlaanderen en het Z4 mysterie

Sechsteilige Hörspielserie, Niederlande 1940
Dauer: (geplant) 6 x ca. 25 Minuten

Paul Vlaanderen . . . . THEO FRENKEL
Ina, seine Frau . . . . . LILY BOUWMEESTER
Sir Graham Forbes . . . . NICO DE JONG
Dr. Ludwig Steiner . . JULES VERSTRAETE
Iris Archer . . . . RIE GILHUYS
Rex Bryant . . . . JAN RETEL
Mrs. Moffat . . MIEN V. KERCKHOVEN-KLEIN
David Lindsay . . . . . .GIJSBERT TERSTEEG
Laurence van Draper . . . .KOMMER KLEIJN
Major Quest . . . . JOHN GOBAU
Mrs. Weston . . . . . HENRIETTE VAN KUYK
Ernie Weston . . . . CHRIS BAAY
Ben . . . . JACK HAMEL
Pryce, Diener . . . . JAN VAN GENT
Inspektor Fuller . . . . ANTON RUYS
Redakteur . . . . FRANS VAN SCHOREL

Ein Hörspiel von . . . FRANCIS DURBRIDGE
Übersetzung . . . . WILLEM VOGT
Bearbeitung . . . . J. C. VAN DER HORST
Musik . . . . LOUIS SCHMIDT
Regie . . . . .KOMMER KLEIJN

Die Episodentitel lauteten wie folgt (wobei Episode 5
und 6 nicht ausgestrahlt wurden):
1. Het scherm gaat op   [14.04.1940]
2. Betreft Z-4   [21.04.1940]
3. De opdracht voor een brutale daad   [28.04.1940]

4. Een afspraak met gevaar   [05.12.1940]
5. Waarin Mrs. Moffat een bezoeker ontvangt
6. Waarin we kennis maken met Z-4

1946 entstand ein einteiliges Remake unter dem gleichen Regisseur mit Jan van Ees und Eva Janssen in den Titelrollen.

Paul Vlaanderen en het Z4 mysterie
Einteiliges Hörspiel, Niederlande 1946
Ausstrahlung AVRO: Montag, 23. Dezember 1946

Paul Vlaanderen . . . . JAN VAN EES
Ina Vlaanderen . . . . EVA JANSSEN
Sir Graham Forbes . . . . NICO DE JONG
Iris Archer . . . . DOGI RUGANI
Rex Bryant . . . . WIM PAAUW
Mrs. Moffat . MIEN VAN KERCKHOVEN-KLING
David Lindsay . . . . BERT DIJKSTRA
Laurence v. Draper CONSTANT V. KERCKHOVEN
Major Quest . . . . KOMMER KLEIJN
Mrs. Weston . . . . NEL KOPPEN
Ernie Weston . . . . PAUL DEEN
Ben Collins . . . . MAARTEN KAPTEYN
Alec . . . . LAU STERMAN
Redakteur . . . . WILLEM TOLLENAAR

Ein Hörspiel von . . . FRANCIS DURBRIDGE
Übersetzung . . . . WILLEM VOGT
Musik . . . . KOOS VAN DE GRIEND
Regie . . . . KOMMER KLEIJN

Auf Basis des 1940 im *Radiobode* abgedruckten niederländischen Originalskripts entstand 2009 ein vollständiges holländisches Remake des Sechsteilers.

Paul Vlaanderen en het Z-4 mysterie

Sechsteiliges Hörspiel, Niederlande 2009
Ausstrahlung Radio 90FM: Donnerstag, 12. Februar 2009
Gesamtdauer: 189 Minuten

Paul Vlaanderen . . . . BERT BIJL
Ina Vlaanderen . . . . ESTER DIJKEMA
Charlie . . . . DONALD DE MARCAS
Sir Graham Forbes . . . . . . KAREL SCHNEIDER
Rex Bryant . . . . MARTIJN PASTOORS
Iris . . . . CORA VONK
Mrs. Moffat . . . . WILLEMIEN WINK
Lindsay . . . . SEBASTIAAN VAN ZANTEN
Guest . . . . HERMAN VAN DER MARK
Van Draper . . . . FRANS KRAP
Ernie Weston . . . . ANDRÉ VAN ZWIETEN
Mrs. Weston . . . . .MARTHA DE WIT
Ludwig Steiner . . . . .RAY KLAASSEN
Ben . . . . EVERT WYBENGA
Fuller .FRED BUTTER
Kellnerin . . . . LOUISE VAN BIJNEN
Diener .BRAM PEEK
Klerk . . . . RIES VAN DER LINDEN
Portier . . . . BEN FUST
Chefredakteur . . . . JOHN BERINGEN

Ein Hörspiel von . . . . . FRANCIS DURBRIDGE
Übersetzung . . . . .WILLEM VOGT
Musik . . . . KOOS VAN DE GRIEND
Technik . . . . EDO JANSEN
Bearbeitung und Regie . . . . . JOHN BERINGEN

Die Titel der einzelnen Folgen lauteten: *1. Het doek gaat up,
2. Betreft Z4, 3. De opdracht voor een brutale daad, 4. Een
aafspraak met het gevaar, 5. Mrs. Moffat ontvangt een bezoe-*

ker, 6. (Deel 6) Waarin wij kennis maken met Z4.

Im selben Jahr gab es in den Niederlanden eine zweite Version des Stoffs. Die Regisseurin Audrey van der Jagt adaptierte dazu allerdings die niederländische Version des Romans und schrieb ihn zum Hörspiel um. *Paul Vlaanderen en het Z mysterie* (diesmal ohne die Ziffer 4 im Titel) wurde allerdings nicht im Radio ausgestrahlt, sondern erschien nur als CD.

Paul Vlaanderen en het Z mysterie
Sechsteiliges Hörspiel, Niederlande 2009
keine Ausstrahlung, nur CD-Verkauf
Gesamtdauer: 126 Minuten

Paul Vlaanderen . . . . CHIEL DE KRUIJF
Ina Vlaanderen . . . . ELS BUITENDIJK
Charlie . . . . DONALD DE MARCAS
Sir Graham Forbes . . . . ARTHUR BONI
Rex Bryant . . . . STIJN WESTENEND
Dr. Ludwig Steiner . . . . . HANS SIMONIS
Iris Archer . . . . MARIEKE DE KRUIJF
Mrs. Moffat . . . . PAULA MAJOOR
David Lindsay . . . . BAS WESTERWEEL
Major Guest . . . . HANS HOEKMAN
Laurence van Draper JAAP HOOGSTRATEN
Ernie Weston . . . . JIM BERGHOUT
Mrs. Weston . . . . JOKE HAGELEN
Ben Collins . . . . . . HENK VAN DER HORST
Inspecteur Fuller . . . . JAN FRIJTERS
Rezeptionist . . . . KEES BRANDT
Ralph Cosgrove . . . FRANS VAN HOUTERT

Hörspiel nach dem Roman von . . . .
. . . . FRANCIS DURBRIDGE
Musik . . . . KOOS VAN DE GRIEND
Technik . . . . FRANS DE ROND
Hörspielbearbeitung und Regie . . . .
. . . . AUDREY VAN DER JAGT

Die Titel der einzelnen Folgen lauteten: *1. Het avontuur begint, 2. Wie is Z4?, 3. Opdracht tot moord, 4. Rendez-vous met gevaar, 5. (Deel 5) Waarin mevrouw Moffat bezoek krijgt, 6. Z4 verschijnt op het toneel.*

1946 und 1948 wurden in Großbritannien bereits zwei Paul-Temple-Abenteuer verfilmt, nämlich das erste von 1938 unter dem Titel *Send for Paul Temple / Paul Temple – Der grüne Finger* und das fünfte von 1945 unter dem Titel *Calling Paul Temple / Paul Temple – Wer ist Rex?* 1950 wurde *News of Paul Temple* realisiert, allerdings mit drastischen Änderungen in der Handlung und in der Auflösung. In der deutschen Synchronfassung kommt hinzu, dass die meisten Figuren umbenannt und eingedeutscht wurden, so dass der Eindruck entstand, der Film spiele überhaupt nicht in England. Kurioserweise wurde ausgerechnet aus dem einzigen deutschsprachigen Charakter, Dr. Steiner, ein Russe gemacht. In der folgenden Übersicht finden sich daher die englischen Rollennamen mit der Besetzung und darunter die deutschen Rollennamen mit den entsprechenden Synchronprecherinnen und -sprechern:

Paul Temple's Triumph /
Paul Temple – Jagd auf »Z«

Spielfilm, Großbritannien 1950, schwarz/weiß
Dauer: 76 Minuten 32 Sekunden
Premiere: Mai 1950 (Großbritannien), 1951 (BR Deutschland), 1952 (Österreich)

Paul Temple . . . . JOHN BENTLEY
Paul Temple . . . . WALTER ÜTTENDORFER
Steve . . . . DINAH SHERIDAN
Eva Temple . . . . INGEBORG GRÜNEWALD
Sir Graham Forbes . . . . JACK LIVESEY
Kriminaldirektor Färber . . . . ERWIN LINDER
Mrs. Weston . . . . BEATRICE VARLEY
Frau Weiland . . . . .ANNEMARIE SCHRADIEK

Mrs. Morgan . . . . BARBARA COUPER
Frau Morgen . . . . EVA FIEBIG
Jacquline Giraud . . . . .JENNY MATHOT
Jacqueline Giraud / Iris . . . . LOUISE DORSAY
Prof. Hardwick . . . . ANDREW LEIGH
Prof. Hardwich . . . . ADALBERT KRIWAT
Oliver Ffollet . . . . HUGH DEMPTSTER
Foller . . . . RICHARD MÜNCH
Van Draper . . . . DINO GALVANI
Van Draper . . . . KARL WALTER FLEISCHER
Major Murray . . . . IVAN SAMSON
Borchert . . . . JOHANNES HOENIG
Bill Bryant . . . . .BRUCE SETON
Bill . . . . WOLF MARTINI
Dr. Steiner . . . . LEO DE POKORNY
Tschirkin . . . . ERWIN BOOTZ
Hammond . . . . .MICHAEL BRENNAN
Haber . . . . .HANS DIETER ZEIDLER
Inspektor Crane . . . . JOSEPH O'CONNOR
Inspektor Krahn . . . . JOACHIM RAKE
Rikki . . . . .SHAYM BAHADUR
Rikki .KLAUS HÖHNE
Ernie . . . . GERALD REX
Ernst . . . . OTTO REIMER
Mr. Weston . . . . .BEN WILLIAMS
Weiland . . . . KONRAD MAYERHOFF
Celia Hardwick . . . . ANNE HAYES
Edith . . . . KÄTHE PONTOW
Postbeamter . . . . . . PETER BUTTERWORTH
Postbeamter . . . . KURT FUSS
Postamtsbesucher . . . . . .HAMILTON KEENE
Arzt . . . . FREDERICK MORANT
Krankenschwester . . . . JEAN PARKER
Krankenschwester . . . . . . LILLY MÜLLER-HANSEN
Erster Gangster . . . . . .DENIS VAL NORTON
Erster Gangster . . . . RUDOLF FENNER
Zweiter Gangster . . . . . MICHAEL HOGARTH
Zweiter Gangster . . . . HEINZ SPITZNER
Postamtsbesucher . . . . . .HAMILTON KEENE
Das Chanson der Jacquline Giraud singt Suzette Gonda

190

Vorlage . . . . FRANCIS DURBRIDGE
Drehbuch . . . . A. R. RAWLINSON
Kamera . . . . BRENDAN STAFFORD
Ton . . . . TOMMI MEYERS
 Produktionsleitung . . . . .E. S. LAURIE
Ausstattung . . . . HARRY WHITE
Schnitt . . . . .SAM SIMMONDS
Kameraführung . . . . D. LOVELL
Continuity . . . . ADELE REYNOLDS
Regieassistenz . . . . .DENIS JOHNSON
. . . . JOHN LLEWELLYN MOXEY
Frisuren . . . . VERA FRANKLIN
Kostüme . . . . EVELYN GIBBS
Maske . . . . BILL LODGE
Pelze . . . . MOLHO
Autos . . ASTON-MARTIN & LAGONDA LTD.
Musik . . . . STANLEY BLACK
Herstellungsleitung . . . . . A. R. RAWLINSON
Produzent . . . . .ERNEST G. ROY
Regie . . . . MACLEAN ROGERS

Eine Produktion der NETTLEFOLD FILMS
LIMITED hergestellt in den NETTLEFOLD
STUDIOS, WALTON-ON-THAMES, Weltver-
trieb BUTCHER'S FILM SERVICE LTD.

Deutsche Synchronfassung hergestellt von
der J. ARTHUR RANK FILMSYNCHRONPRO-
DUKTION, HAMBURG-RAHLSTEDT
Tonschnitt . . . . .ELSE WIEGER
Ton . . . . .ARTHUR KIESCHKE
Aufnahmeleitung . . . . . . .SIEGFRIED BOECK
Dialogbuch und -regie . .VOLKER J. BECKER

Francis Durbridge kaufte Mitte der 1960er-Jahre die Rechte
an den vier Paul-Temple-Kinofilmen zurück, weil er nicht
wollte, dass sie jemals wieder aufgeführt werden. Wer das

zugrundeliegende Hörspielmanuskript und die Verfilmung von *News of Paul Temple* vergleicht, wird verstehen warum. Auch wenn Durbridge im Januar 1950 1.500 Pfund für die Filmrechte erhielt, kann er mit dem Ergebnis kaum zufrieden gewesen sein.

In der Kinoversion des Radiosechsteilers wurden grundlegende Elemente beibehalten. Es gibt den entführten Professor, den Spionagering, der dessen Erfindung weiterverkaufen will, den Laden, das Hotel und die meisten Figuren. Der große Hintermann wurde von »Z.4« in »Z« umgetauft. Drehbuchautor A. R. Rawlinson nimmt sich allerdings viele Freiheiten. So führt er ganz neue Handlungsstränge ein und eliminiert andere: Prof. Hardwick hat nun eine Tochter, die mit den Tempels befreundet ist und in den ersten Filmminuten stirbt. Temple wird außerdem schon am Anfang von Sir Graham über die Z-Organisation informiert. Drehbuchautor Rawlinson streicht auch Figuren aus dem Hörspiel komplett, wie jene von Iris Archer. Statt ihr wird eine französische Chansonsängerin eingeführt, die in einer Szene eine ähnliche Rolle wie Iris erfüllt, aber ansonsten für die Handlung irrelevant ist. Im Film werden auch weitere neue Figuren eingeführt, die im Hörspiel fehlen. Alle Unterschiede (die ersten 20 Minuten des Films kommen im Hörspiel überhaupt nicht vor!) – einschließlich der komplett neuen Auflösung samt der Entlarvung eines neuen Täters in der vorletzten Minute – können hier nicht aufgeführt werden. Es empfiehlt sich, sich den Film anzusehen oder die im folgenden abgedruckte Zusammenfassung aus der *Illustrierten Filmbühne* (Ausgabe Nr. 1261) zu lesen, in der auch sämtliche deutschen Rollennamen verwendet werden. Daraus wird auch ersichtlich, wie viel (oder besser gesagt: wie wenig) von der Originalgeschichte übrig blieb.

Seit Stunden wird von Scotland Yard ein aufregendes Geheimnis gehütet. Der Kontrollanruf Professor Hardwichs, der im Sonderauftrag der Regierung an einer geheimen Atomerfindung arbeitet, ist nicht erfolgt. Auch seine Tochter Edith meldet sich nicht. Das bedeutet Alarm, da der Atomwissenschaftler ohne Begleitung eines Sicherheitsbeamten sein Landhaus nicht verlassen darf. Die sofort eingeleitete Hausdurchsuchung bestätigt die Vermutung, dass Professor Hardwich spurlos verschwunden ist – sämtliche Arbeitsunterlagen fehlen. Der Fall wird streng geheim gehalten, nur die vertrautesten Mitarbeiter werden eingeweiht und mit der Nachforschung beauftragt. – Inzwischen kehrt Edith in die Stadt zurück. Als sie ihren Vater vermisst, wendet sie sich voll Sorge an ihre Freundin Eva Temple, um die Hilfe ihres Mannes, Paul Temple, in Anspruch zu nehmen. Temple, ehemals einer der erfolgreichsten Kriminalisten von Scotland Yard und jetzt Privatdetektiv, befindet sich auf dem Rückflug von Berlin nach London. Um keine Zeit zu verlieren, begeben sich Edith und Eva auf den Flugplatz. Sie treffen dort Bill, einen Reporter und persönlichen Freund Paul Temples, der Tschirkin, einen ausländischen Wissenschaftler, abholen will. Temple trifft ein und fährt unverzüglich zum Landhaus des Professors, u das Geheimnis seines Verschwindens aufzuklären. Trotz eifrigsten Suchens nach einer Spur entdecken sie weiter nichts als einen mysteriösen Zettel, auf den ein »Z« gekritzelt ist. – In seiner Wohnung wird Paul Temple von Kriminaldirektor Färber erwartet, der seinen früheren Mitarbeiter auch wegen des entführten Professors sprechen will. Um weitere Anhaltspunkte zu erhalten, geht Paul am nächsten Tag mit Eva zu Edith. Aber sie finden zum großen Entsetzen nur noch ihre Leiche vor und wieder ein Stück Papier mit dem geheimnisvollen »Z« darauf. In ihrer Hand hält sie verkrampft einen Zettel mit einer Zeichnung, die zu einem Hotel weist, wo Temple Kriminaldirektor Färber und später auch Tschirkin trifft. – Die Ereignisse überstürzen sich. Paul Temple hört, dass Detektiv Haber verschwunden ist. Noch in der Nacht machen sich Temple und Kriminaldirektor Färber auf die Suche, und ein Fingerzeig führt sie in eine verfallene Waldhütte. Dort müssen sie feststellen, dass auch Haber ein Opfer der »Z«-Bande geworden ist. Als sie die Leiche nach der Todesursache untersuchen wollen, explodiert ein Sprengkörper. Durch großes Glück kommen beide mit dem Leben davon. Im Hotel zurückgekehrt, überrascht Paul Temple die Nachricht, dass seine Frau betäubt wurde. Als vermutliche Täterin nimmt Paul Temple wegen Mordes eine gewisse Iris fest, die später aufgrund belastender Beweise wegen Mordversuchs an Edith verhaftet wird. Iris versucht, mit einem Auto zu entfliehen, verunglückt und macht auf ihrem Totenbett wichtige Angaben über die »Z«-Organisation. Die Spannung erreicht ihren Höhepunkt, als es daraufhin Paul Temple gelingt, den entführten Professor zu entdecken. – Aber immer noch erweisen sich vermeintliche Spuren als Täuschung, bis eine unvorhergesehene Wendung den wirklichen Täter entlarvt.

Auf Basis der deutschen Synchronfassung von 1950 (und den Stimmen daraus) entstand 2023 ein Filmhörspiel, in dem ein Erzähler zusätzlich durch die Handlung führt.

Paul Temple – Jagd auf »Z«

Filmhörspiel, BR Deutschland, 2023
Dauer: 73 Minuten 23 Sekunden

Erzähler . . . . .OMID-PAUL EFTEKHARI
Hörspielbearbeitung . . ANDREAS KRÖNECK
Paul-Temple-Titelmusik ANTONIO F. LOPES
Organisation . . . . CHRISTINA LOPES
Schnitt und Regie . . . . . . PASCAL HÖPFL
Eine Produktion von HNYWOOD im Auf-
trag des PIDAX FILM- UND HÖRSPIELVERLAG

Es folgen einige Ausschnitte aus der *Radio Times* von 1939,
auf denen zu sehen ist, wie die Serie angekündigt wurde.

RETURN OF PAUL TEMPLE!

Paul Temple and his wife Steve land in England from the transatlantic
'Golden Clipper', and arrive to find themselves soon mixed up in an
adventure even more enthralling than that of *The Front Page Men*.
This evening at 6.15 a new weekly serial play *News of Paul Temple* begins.

'*Paul Temple and wife motoring to Aberdeen tomorrow morning . . . imperative that they do not reach there . . . Z4.*'

The mysterious Z4 shows his true colours in the third episode of *News of Paul Temple*, to be broadcast this evening at 6.15.

'*Haven't much time . . . wallet . . . where on earth did . . . driving licence . . . insurance certificate . . .*'

Iris Archer feverishly searches Paul Temple's pockets for the mysterious letter addressed to John Richmond. The second episode of *News of Paul Temple* will be broadcast this evening at 6.15.

' News of Paul Temple '. In the fourth episode this evening at 6.15 Paul Temple and Steve have a watery welcome when they visit the inventor of the Hardwick Screen at Skerry Lodge!

In den Niederlanden erschien das Radioskript im *Radiobode* mit diesem Logo am Beginn jeder Episode:

Die *Radio Times* veröffentlichte diese Zeichnung mit allen Verdächtigen vor Ausstrahlung der fünften Episode:

Der niederländische *Radiobode* (1940) veröffentlichte weitere Zeichnungen, die gemeinsam mit dem Manuskript abgedruckt wurden.

Dr. Steiner und Paul

Lindsay wird erschossen

Ein Anschlag auf Paul und seine Frau

Paul und seine Frau gefangen im Keller

Am Wagen von Iris versagt die Lenkung

Paul und Sir Graham in der finalen Szene

Die Durbridge-Edition
–Williams & Whiting –

Bei Williams & Whiting sind bisher neunzehn Bände von Francis Durbridge erschienen. Sämtliche Bücher enthalten eine umfassende Einleitung und ein Nachwort mit vielen Hintergrundinformationen zu Francis Durbridge, den jeweiligen Geschichten und den Produktionsumständen der Verfilmungen bzw. Vertonungen.

Band 1   FRANCIS DURBRIDGE
Stichtag für Harry
Paul Temple und der vorausgesagte Mord
Vorwort, Nachwort und Übersetzung: Dr. Georg Pagitz
Ein junger Mann namens Peter Gibson sucht Superintendent Max Christian in Scotland Yard auf. Er berichtet, dass er in einem Café in Hampstead arbeitet und ungewollt bei der Arbeit zwei Frauen belauscht hat. Diese sagten, dass ein gewisser Harry Sherwood den Sechzehnten des kommenden Monats nicht überleben würde. Christian geht der Sache nach, muss aber feststellen, dass nichts von dem, was Gibson erzählt hatte, stimmt. Es gibt weder das Café, noch einen Mann dieses Namens. Am Sechzehnten des darauffolgenden Monats wird jedoch in einem Wohnwagen eine Leiche gefunden. Der Täter hat sein Opfer erstochen. Als Superintendent Christian den Toten sieht, glaubt er seinen Augen nicht: Es handelt sich dabei um den angeblichen Peter Gibson, der in Wirklichkeit Harry Sherwood hieß ...

Durbridge schrieb diese Geschichte als Fortsetzungsroman im Jahr 1960. Sie blieb jedoch unveröffentlicht und erscheint nun erstmals posthum.

Der Autor versuchte die Story auch als Filmtreatment deutschen Produzenten anzubieten und schrieb sie später zur Episode für eine *Paul-Temple*-TV-Folge um. Dieses Szenarium ist in dem Buch als *Paul Temple und der vorausgesagte Mord* enthalten, den Abschluss bildet eine Abhandlung über Durbridge und die Temple-TV-Serie.

Band 2   FRANCIS DURBRIDGE
Schritt ins Dunkel
Drehbuch für einen deutschen Spielfilm
Vorwort, Nachwort und Übersetzung: Dr. Georg Pagitz
In Soho geht ein gefährlicher Mörder um, der Barmädchen mit einem Messer tötet. Scotland Yard steht vor einem Rätsel. Zur gleichen Zeit befindet sich der wohlhabende Immobilienmakler Mike Hilton in einer existentiellen Krise: Nach dem Tod seiner Tochter und schwierigen Phasen in seiner Ehe verlässt ihn seine Ehefrau Ruth. Nach einer Reifenpanne nahe eines berüch-

tigten Pubs in Soho lernt er die attraktive Selby Brooks kennen und verliebt sich in sie. Als er die junge Dame wenig später auf einem Hausboot besuchen will, findet er ihre Leiche. Mike Hilton gerät unter Mordverdacht. Zur Tatzeit half er einem kleinen Jungen dabei, dessen Papierdrachen aus einem Baum zu befreien. Doch dieses Alibi ist nichts wert, denn der Junge scheint spurlos verschwunden zu sein und gar nicht zu existieren. Gleichzeitig erfährt Mike von Scotland Yard, dass nichts von dem, was Selby ihm erzählt hatte, stimmte. Kann er sich aus dem Teufelskreis, in dem er sich befindet, befreien und den wahren Täter finden?

Die Hintergrundgeschichte zu diesem verschollenen Drehbuch ist ebenso spannend wie die Kriminalgeschichte selbst. Francis Durbridge verfasste das Skript 1961 und verkaufte es 1962 an einen deutschen Filmproduzenten. Letztlich wurde daraus der Spielfilm *Piccadilly null Uhr zwölf*, der bis auf vier Namen nichts mehr mit der Originalstory zu tun hatte.

Im Vor- und Nachwort werden die Hintergründe analysiert und dank erst kürzlich aufgefundener Originalkorrespondenz von Francis Durbridge auch die Umstände und Gründe der Änderungen rekonstruiert.

Band 3   FRANCIS DURBRIDGE

Paul Temple muss her!
Ein Kriminalstück

Vorwort, Nachwort und Übersetzung: Dr. Georg Pagitz

Scotland Yard steht vor einem Rätsel. Eine gefährliche Verbrecherbande verunsichert London durch Kindesentführungen, Lösegelderpressungen und andererseits durch spektakuläre Juwelenraube. Die Ganoven operieren unter dem Namen »Die Schlagzeilenmänner«. Dies ist gleichzeitig der Titel des Romans einer unbekannten Autorin, deren Identität niemand kennt. Nachdem Sir Graham und seine Ermittler nicht weiter kommen, fordern die Zeitungen nach Unterstützung und titeln: »Paul Temple muss her!« Der erfolgreiche Kriminalschriftsteller und Privatermittler schaltet sich daraufhin ein und weiß bald, dass der große Hintermann ein Superverbrecher namens Max Lorraine ist. Aber wer der Verdächtigen versteckt sich hinter diesem Namen? Wer ist der gefährliche Schlagzeilenmann Nummer 1?

Dieses im Jahr 1943 in Birmingham uraufgeführte Theaterstück wurde seither nie mehr gespielt. Der Autor zeigt darin sein ganzes Können und liefert Drehungen, Wendungen und atemberaubende Cliffhanger im Minutentakt. Vier Personen sterben auf der Bühne, ebenso viele Leichen gibt es aus Erzählungen. Die *Birmingham Post* schrieb damals zur Uraufführung: »Leichen fallen aus Aufzügen, Schreie hallen durch die Nacht, aus einem unverdächtig aussehenden Grammophon kommen Schüsse und Blausäure findet ihren Weg in harmlose Whiskyfläschchen. Eigentlich haben wir A oder B als Täter verdächtigt, aber dann war es plötzlich X.«

Bei dem Stück handelt es sich um eine geschickte Mischung aus Paul Temples ersten beiden Hörspielabenteuern.

Band 4   FRANCIS DURBRIDGE
Schöne Grüße von Mister Brix
Kriminalroman
Vorwort und Nachwort: Dr. Georg Pagitz

Geheimnisvolle und höchst mysteriöse Umstände haben den Ex-Inspektor Richard Grant und seine Frau Margret dazu veranlasst, vorübergehend wieder in den Dienst von Scotland Yard zu treten. In einem Fischerdorf namens Shorecombe war zuvor die Leiche einer gewissen Barbara Willis, Tochter eines feinen Londoner Hauses, aus dem Meer gezogen worden. Kurz darauf bekam ihr Verlobter Robert Brown eine Dia-mantenbrosche zugeschickt. Darauf stand: »Schöne Grüße von Mister Brix«. Wenig später finden die Grants in ihrer Garage eine weitere Leiche. Peggy Gillow, die in dem Fall undercover ermittelte, wurde erdrosselt. Auch ihr Vater bekam eine mysteriöse Karte von Mister Brix mit der gleichen sarkastischen Botschaft. Steckt hinter diesem Pseudonym jener gefährliche Ariman, dessen Fall Grant einst bearbeitete? Und wenn ja, wer von den zahllosen Verdächtigen ist dieser unheimliche Verbrecher?

Durbridge schrieb diesen Kriminalroman 1962 für den deutschen Markt. Er basiert auf dem legendären Hörspiel *Paul Temple und die Affäre Gregory* und erzählt dieses sehr werkgetreu nach, allerdings wurden die Charaktere umbenannt. Wer schon immer wissen wollte, worum es in diesem Fall geht und ihn in voller Länge erleben wollte, kann dies nun endlich tun.

Band 5   FRANCIS DURBRIDGE
Die gelbe Windmühle
Kriminalroman
Vorwort und Nachwort: Dr. Georg Pagitz

Susan Kelford, die vierjährige Tochter des reichen Sir Cedric Kelford, dem Präsidenten der Londoner Central Bank, wird entführt. Das Mädchen war gerade in einem Londoner Park, als eine kleine gelbe Spielzeugwindmühle ihre Aufmerksamkeit erregte und sie in die Hand ihres Entführers lockte. Dieser zerrte das Kind in seinen Wagen und suchte daraufhin rasch mit seinem Komplizen das Weite. Man fordert 10.000 Pfund Lösegeld von dem Multimillionär Kelford. Inspektor Houston von Scotland Yard macht drei Tage später eine grausige Entdeckung: Sein Sohn Dennis, der in Sir Cedrics Bank arbeitet, sitzt erschossen vor dem Fernsehgerät. In den Bildschirm ist eine gelbe Windmühle eingeritzt. Nobbler Williams, ein wichtiger Zeuge in dem Entführungsfall, wird am selben Abend von einem Auto überfahren. Der Besitzer des Wagens ist ein italienischer Arzt namens Dr. Spedro. Als Inspektor Houston und seine Tochter Rona, eine junge Schauspielerin, zu ihm fahren wollen, wird gerade eine Leichenbahre aus dessen Haus getragen. Es ist ein äußerst schwieriger und komplexer Kriminalfall, den der persönlich involvierte Kriminalinspektor Houston da zu klären hat ...

Die gelbe Windmühle erschien 1954 als Fortsetzungsroman in England. Im Jahr 1965 verfasste Francis Durbridge eine eigene Fassung für den deutschen Markt, die hier erstmals als Buch vorliegt.

Band 6   FRANCIS DURBRIDGE

Mitten ins Herz

Der Mann, der das Quiz gewann
Paul Temple und die flüchtige Miss Helvin

Vorwort und Nachwort: Dr. Georg Pagitz

Gary Mason, der berühmteste und beliebteste Schauspieler Englands, wird auf dem Gelände eines Londoner Filmstudios erschossen. Wer ist der Täter? Und hatte er tatsächlich Mason als Ziel auserkoren oder war dieser Mord ein Versehen und er galt eigentlich der überaus attraktiven schwedischen Nachwuchsschauspielerin Karin Lund? Diese legt ein seltsames Verhalten an den Tag, vor allem als sie zwei Tage später dem Journalisten Michael Collins begegnet, der Augenzeuge der Tat wurde und sich danach um die junge Frau gekümmert hatte. Diesmal ignoriert Karin den Reporter und ist in Begleitung eines mysteriösen Fremden. Als Journalist Collins in der darauffolgenden Nacht von einem weiteren Mord berichten soll, ist er schockiert, als er in der Leiche Karin Lund wieder erkennt. Sie wurde erstochen ...

Mitten ins Herz wurde 1955 als *The Man Who Beat the Panel* in Großbritannien als Fortsetzungsroman veröffentlicht. Durbridge überarbeitete diese Fassung für den deutschen Markt im Jahr 1962, erweiterte und verbesserte sie um viele Handlungsstränge und machte aus einem Nichtwhodunit einen Whodunit. Später entwickelte er daraus auch ein Skript für die *Paul-Temple*-Fernsehserie namens *The Elusive Miss Helvin*, das aber nie Verwendung fand. In dieser Ausgabe sind neben der deutschen Romanfassung auch erstmals die Übersetzungen der britischen Fortsetzungsgeschichte und des Szenariums enthalten. Titel: *Der Mann, der das Quiz gewann* und *Paul Temple und die vorsichtige Miss Helvin*, beide übersetzt von Dr. Georg Pagitz.

Band 7   FRANCIS DURBRIDGE

Sie wussten zu viel

Das Gesicht der Carol West

Vorwort und Nachwort: Dr. Georg Pagitz

Victor Merton, der Geschäftsführer der Absteige *High Dive* in Belhampton, zieht beim morgendlichen Schwimmsport die Leiche eines jungen Mädchens aus dem Hotelpool. Julia Nagy, eine aus Ungarn stammende Angestellte und Mister Cooper, ein Privatgelehrter, werden Augenzeugen des

Vorgangs. Ein Notizbuch der Toten führt zu einer gewissen Carol West. Außerdem findet sich darin die Telefonnummer von Scotland-Yard-Superintendent Christian Stiller, der die Tote allerdings nicht kannte. Stiller übernimmt die Ermittlungen. Immer wieder wird er in deren Verlauf von einem Anrufer mit sanfter Stimme gewarnt. Wenig später wird auf den Superintendent ein Überfall verübt, kurz darauf ein Anschlag in Scotland Yard. Was weiß das mysteriöse Ehepaar Beckworth? Und welche Rolle spielt der konservative Privatgelehrte Robin Long? Alle Spuren führen erneut in die zwielichtige Absteige *High Dive* ...

Francis Durbridge hatte diesen Roman 1959 als Fortsetzungsroman für die Zeitschrift *News of the World* geschrieben. 1963 überarbeitete er diesen für den deutschen Markt unter dem Titel *Sie wussten zu viel*, führte viele neue Handlungsstränge und Figuren ein und baute die Geschichte erheblich aus. Dieses Ausgabe enthält erstmals beide Fassungen, die deutsche erweiterte Version und die davon erheblich abweichende Originalfassung, die von Dr. Georg Pagitz erstmals unter dem Titel *Das Gesicht der Carol West* ins Deutsche übertragen wurde. In einem Vor- und Nachwort des Übersetzers wird auf die Hintergründe eingegangen sowie auf Durbridges meisterliche Fähigkeiten, alte Stoffe wiederzuverwerten.

Band 8   FRANCIS DURBRIDGE

Paul Temple und der Fall Valentine
Skript für ein achtteiliges Hörspiel
Vorwort, Nachwort, Übersetzung: Dr. Georg Pagitz

London, 1946: Seit einigen Wochen wird das Westend von einer geheimnisvollen Selbstmordserie junger Frauen erschüttert. Scotland Yard ist ratlos und kann nur herausfinden, dass es wohl um Drogen und einen geheimnisvollen Hintermann namens »Valentine« geht. Für Sir Graham Forbes ist eines klar: Das ist ein Fall für Paul Temple! Der bekannte Detektiv und Schriftsteller ist zunächst jedoch gar nicht daran interessiert. Erst als eine junge Frau spurlos aus seinem Wagen verschwindet, lässt er sich doch überreden. Dann geht alles blitzschnell: Auf die Temples wird im eigenen Schlafzimmer ein Mordanschlag verübt, eine geheimnisvolle Botschaft führt Paul und Steve zu einem mysteriösen Kapitän in eine Kneipe am Fluss und schließlich findet sich eine deutliche Warnung von Valentine bei einer Leiche in einer Zahnarztpraxis. Es gibt zahllose Verdächtige und undurchsichtige Gestalten und der gefährliche Unbekannte schlägt immer wieder zu.

Dieses Buch beinhaltet das vom englischen Originalmanuskript übersetzte Temple-Abenteuer, das 2021/22 Grundlage für die neue Pidax-Hörspielproduktion Paul Temple und der Fall Valentine war. In einem Vor- und Nachwort des Übersetzers werden interessante Hintergrundinfos geliefert. Außerdem wird auf die unterschiedlichen Versionen, die im Laufe der Jahre von diesem Stoff entstanden sind, eingegangen.

Band 9   FRANCIS DURBRIDGE
Zwei Fälle für Paul Temple: McRoy/Westfield
Zwei einteilige Hörspiele
Vorwort, Nachwort, Übersetzung: Dr. Georg Pagitz

Der Fall McRoy: Paul Temple und Steve haben ein paar erholsame Tage in Italien verbracht. Sie befinden sich gerade auf der Weiterreise in die Schweiz, als sie auf dem Mailänder Bahnhof zufällig den Ex-Ermittler Harry McRoy treffen. Gemeinsam tritt man die Weiterfahrt an. Im Zug erzählt Harry von einem rätselhaften Auftrag und bittet Paul, einen Koffer mit geheimnisvollem Inhalt an Sir Graham Forbes zu über-bringen, wenn ihm etwas zustoßen sollte. Ehe man Basel er-reicht, überschlagen sich die Ereignisse und es gibt Tote. Im weiteren Verlauf spielen eine geheimnisvol-le Brosche und Aufnahmen eines Boots namens »Corina« eine wichtige Rolle. Ein brenzliger Fall für Paul Temple ...

Der Fall Westfield: Vor Jahren wurde aus dem Hause des Herzogs von Westfield Schmuck im Werte einer Dreiviertelmillion Pfund gestohlen. Es gab keine Spuren und Scotland Yard legte den Fall damals auf Eis. Paul Temple interessiert sich für die Sache, zumal es bald auch eine neue Spur zu ge-ben scheint. Diese ergibt sich aus einem mysteriösen Leichen-fund in einem Londoner Hotel. Bei dem Toten handelt es sich um einen Franzosen, der mit gestohlenen Steinen handelte. Bei seinen Sachen werden ein Fahr-schein für eine Fähre und ein Rezept eines gewissen Dr. Schumann gefun-den. Temple geht der Sache nach. Die Ermittlungen führen ihn schließlich nach Cornwall, wo es bald eine weitere Leiche gibt...

Dieses Buch enthält die beiden Originalmanuskripte zu den 2021/22 neu produzierten Temple-Hörspielen von Pidax und HNYWOOD. In einem umfangreichen Vorwort werden die Hintergründe beleuchtet, zudem enthält dieser Band vollständige Stab- und Besetzungslisten sämtlicher Adaptionen und einige exemplarische Beispiele, wie im Fall McRoy dramaturgische Anpassungen vorgenommen wurden.

Band 10   FRANCIS DURBRIDGE
Paul Temple und der Fall Dr. Belasco
Skript für ein achtteiliges Hörspiel
Vorwort, Nachwort, Übersetzung: Dr. Georg Pagitz

Als Paul und Steve nach einem Tanzabend anlässlich Steves Geburtstag nach Hause kommen, werden sie schon von Sir Graham erwartet. Dieser hat Philip Kaufman von der Kopenhagener Polizei mitgebracht. Sie erklären, dass der berüchtigte Dr. Belasco seine Aktivitäten vom Kontinent nach England verlegt hat. Niemand kennt das Gesicht dieses gefährlichen Man-nes, der das Verbrechen organisiert und für Schutzgelerpressungen aber auch Mord verantwortlich ist. Sir Graham und Kaufman bitten Temple um Hilfe. Bald schon soll der Kanadier Ross Morgan in England ankommen. Er ist ein Handlanger Dr. Belascos. Temple soll ihn im Auge behalten, doch dann gibt es einen unerwarteten Zwischenfall: Bei der Zugfahrt nach London kommt es zu einem Unfall und Morgan stirbt. Der Kanadier kann Temple jedoch noch einen wichtigen Hinweis geben. Bei seinen Sachen findet Temple ein Feuerzeug. Dieses ähnelt jenem, das Steve an ihrem Geburtstag irrtümlich von einem Mr. Nelson eingesteckt hat ...

Francis Durbridge verfasste *Paul Temple and Steve*, so der Originaltitel dieses in der Chronologie gesehenen achten Falls, im Jahr 1947. Dieser band enthält ein informatives Vorwort, einen Artikel über die Paul-Temple-Comic-Serie und Francis Durbridges für die Radio Times geschriebene Einleitung zu dem Fall.

Band 11   FRANCIS DURBRIDGE
Paul Temple und die Marquis-Morde
Kriminalroman
Vorwort, Nachwort, Übersetzung: Dr. Georg Pagitz

In London sorgt ein skrupelloser Mörder, der sich »Der Marquis« nennt, für Angst und Schrecken. Ein halbes Dutzend Personen – lauter renommierte Damen und Herren – musste schon ins Gras beißen und kein Ende ist in Sicht. Scotland Yard in Form von Sir Graham Forbes ist ratlos. Doch diesmal ist es nicht der Chefkommissar, der Paul Temple um Hilfe bittet, sondern das Innenministerium. Ein anonymer Brief des Marquis an Temple sorgt schließlich dafür, dass sich der schreibende Detektiv in die Ermittlungen einschaltet. Er trifft eine Privatdetektivin, die dem großen Unbekannten auf der Spur ist. Doch auch sie wird wenig später tot aus der Themse gezogen. Alle Spuren führen zu einem Ägyptologen namens Sir Felix Reybourn. Ist er der Marquis? Und wenn nicht, wer von den zahlreichen Verdächtigen ist es dann? Temple und seine Frau Steve setzen sich zahllosen Gefahren aus, ehe Paul den gefährlichen Mörder endlich überführen kann ...

Dieser Krimi ist der letzte nicht übersetzte Paul-Temple-Roman und erscheint nun erstmals in deutscher Sprache – fast 80 Jahre nach seinem Entstehen! Ein packender, typischer Temple voller Cliffhanger, Drehungen und Wendungen, verdächtiger Figuren und natürlich mit der obligatorischen Cocktailparty. Das Buch enthält eine informative Einleitung und ein umfassendes Nachwort, in dem die multimediale Auswertung des Stoffs, der auf einem Durbridge-Hörspiel von 1942 beruht, beleuchtet wird. 1952 entstand auch eine Verfilmung mit John Bentley und Christopher Lee.

Band 12　　　FRANCIS DURBRIDGE
Die Anhalterin
Kriminalroman
Vorwort, Nachwort, Übersetzung: Dr. Georg Pagitz

Der Spielwarenfabrikant David Walker nimmt in seinem eleganten Wagen eine hübsche junge Anhalterin namens Judy Clayton mit. Als das Benzin ausgeht, macht sich Walker zu Fuss auf den Weg zu einer Tankstelle. Als er zurückkommt, ist die junge Frau spurlos verschwunden. Einige Tage später taucht Kriminalinspektor Denson bei Walker auf und teilt ihm mit, dass Judy nur wenige Meter von der Stelle, an der David die Panne hatte, ermordet aufgefunden wurde. Zahlreiche Indizien deuten daraufhin, dass Walker die Frau schon länger kannte, obwohl dieser das bestreitet. Im Laufe der Ermittlungen gibt es weitere Tote und neben einem Lippenstift spielen auch ein Schlüsselbund und eine Sofortbildkamera eine wichtige Rolle ...

Dieser Kriminalroman aus dem Jahr 1977 liegt erstmals in einer deutschen Übersetzung vor. Er basiert auf Francis Durbridges Originaldrehbuch zu dem 1971 gedrehten BBC-Dreiteiler *The Passenger*, der synchronisiert unter dem Titel *Die Spur mit dem Lippenstift* ausgestrahlt wurde. Im ausführlichen Vor- und Nachwort des Übersetzers wird auf die Entstehungsgeschichte eingegangen und auch erklärt, wieso 1971 in der BRD keine deutsche Verfilmung dieses Stoffs entstand. Auszüge aus Durbridge-Interviews, Hintergründe über die Miniserie und deren französische Adaption sowie ein 2015 geführtes, exklusives Interview mit dem Regisseur Michael Ferguson, der *The Passenger* inszenierte, runden diesen Band ab.

Band 13　　　FRANCIS DURBRIDGE
Die Frau im Hintergrund
Kriminalroman
Vorwort, Nachwort, Übersetzung: Dr. Georg Pagitz

Torcombe, an der Küste von Cornwall. Der ehemals als Kriminalreporter in der Fleetstreet tätige Roy Burton hat sich hierher zurückgezogen, um an einem Buch zu arbeiten. Gemeinsam mit Hund Angus lebt er in einer einfachen Hütte an der Küste. Eines Tages nähert er sich bei einem Spaziergang einer verlassenen Zinnmine und wird niedergeschlagen. Als er wenig später erwacht, erzählt ihm eine gewisse Karen Silvers, dass er sich in der Mine befinde. Sie leitet dort ein geheimes wissenschaftliches Projekt der Regierung. Es geht um den Bau einer Atomrakete, die so stark ist, dass sie ganz London oder New York zerstören könnte. Die Wissenschaftlerin erklärt, dass die Arbeiter in der Mine allerdings nichts davon wissen oder nur soviel als nötig. In der Umgebung scheint sich der gefährliche Kriminelle Fabian Delouris zu befinden, der schon einen Mitarbeiter entführt hat. Gemeinsam mit gefährlichen deutschen Ex-Nazis will er die Rakete stehlen und damit die Weltherrschaft erlangen. Karen und ihr Vorgesetzter, Chefinspektor Leyland, bitten Roy daraufhin um seine Mithilfe bei der Bekämpfung der Organisation. Bald darauf werden auf Roy mehrere Mordversuche verübt und die Ehefrau und Tochter eines Pubbesitzers verschwinden spurlos. Alles deutet daraufhin, dass die kriminelle Organisation ihr Hauptquartier in einer verlassenen Abtei aufgebaut hat, zu der mehrere unterirdische Tunnel führen …

Die Frau im Hintergrund stellt unter mehreren Gesichtspunkten eine Besonderheit dar und liegt erstmals in deutscher Übersetzung vor. So ist es der einzige Kriminalroman von Francis Durbridge, der nicht nach dem Whodunit-Muster gestrickt und in dem der Täter von Anfang an bekannt ist. Eine spannende Abenteuergeschichte, in der die beiden Protagonisten gegen eine gefährliche, aus brutalen Nazis bestehende Organisation kämpfen, die die Weltherrschaft mit einer Atomrakete erzwingen will. Weltherrschaftsphantasien bewegten damals die Welt. Eine für den Autor untypische, aber spannende Geschichte mit interessanten und überraschenden Wendungen. Das Buch enthält ein interessantes Vorwort mit Hintergrundinformationen. Im Anhang werden sämtliche Bücher und Kurzgeschichten von Francis Durbridge aufgelistet und dessen Wirken als Romanautor beleuchtet. Inhaltsangaben und weitere Infos zu allen Romanen und Kurzgeschichten runden diese Ausgabe ab.

Band 14   FRANCIS DURBRIDGE
Vorsicht vor Johnny Washington!
Kriminalroman
Vorwort, Nachwort, Übersetzung: Dr. Georg Pagitz

Johnny Washington ist ein junger amerikanischer Gentleman, der nach Kent gezogen ist, um das Leben zu genießen. Eigentlich will er nur dem süßen Nichtstun nachgehen und seine Zeit mit Fischen verbringen, doch eine Serie von Verbrechen ruft ihn auf den Plan. Eine Bande Krimineller verübt diese nämlich unter seinem Namen und lässt am Tatort Visitenkarten mit dem Aufdruck »Mit besten Grüßen von Johnny Washington« zurück. Das kann der Amerikaner nicht auf sich sitzen lassen. Die Zeitungsreporterin Verity Glyn ermutigt Johnny dazu, sich auf den Fall zu stürzen. Gemeinsam mit dem geheimnisvollen Horatio Quince, einem pensionierten Lehrer, jagt er den mysteriösen Hintermann, der die Morde und Verbrechen organisiert und der sich hinter dem Decknamen »Grauer Elch« versteckt.

Dies ist der letzte nicht auf Deutsch übersetzte Roman von Francis Durbridge. Die Geschichte hat der Autor von seinem ersten Temple-Abenteuer entlehnt und sie überarbeitet. Neuer Protagonist ist Johnny Washington, der Held einer seiner Radioserien.

209

Band 15   FRANCIS DURBRIDGE
Zwanzig Minuten von Rom
Drehbuch für einen Fernsehkriminalfilm
Vorwort, Nachwort, Übersetzung: Dr. Georg Pagitz

Zwanzig Minuten von Rom entfernt liegt der Ort Tolero. Welche Rolle spielt er in einem mysteriösen Fall, in den der Wissenschaftler Geoffrey Ryder verwickelt ist? Der Mann steht unter Mordverdacht und besteht darauf, Alan Quinton vom MI5 zu sprechen. Nur ihm will er seine ganze Geschichte erzählen. Den Mann, den er ermordet haben soll, Walter Smedley, lernte er in einem teuren Pariser Nachtclub kennen. Er half ihm dort aus der Bredouille, woraufhin Smedley ihm anbot, während seiner eigenen Abwesenheit in seiner Londoner Wohnung unterzukommen. Ryder nimmt dankend an. Das ist der Beginn einiger mysteriöser Ereignisse. Welche Rolle spielt das goldene Zigarettenetui, das Smedley unbedingt wiederhaben will? Und warum befanden sich auf einem Mikrofilm Fotos von einer Fahrkarte für den Schlafwagen nach Rom und eine Aufnahme einer Landkarte, auf der der Ort Tolero eingezeichnet ist und auf der oberhalb handschriftlich die Notiz »Zwanzig Minuten von Rom« gemacht wurde? Einige verdächtige Personen tauchen auf. Geht es am Ende gar um Spionage und Ryders Versuch, als Chemiker im streng geheimen Forschungszentrum Stanfield unterzukommen?

Dieses unverfilmte Drehbuch stammt aus dem Jahr 1954. Es handelt sich dabei um eine ganz typische Francis-Durbridge-Geschichte mit jeder Menge Verwirrungen. Der Autor beweist hier, dass er nicht nur serielles Erzählen beherrscht, sondern auch innerhalb eines 90-Minuten-Films sein Publikum ganz schön raffiniert verwirren kann. Als übliche Zutaten gibt es einige überraschende Wendungen und die üblichen mysteriösen Gegenstände, wie ein goldenes Zigarettenetui und einen Mikrofilm, auf dem sich unerklärliche Fotografien befinden.

Band 16   FRANCIS DURBRIDGE
Das zerbrochene Hufeisen
Drehbuch für einen sechsteiligen Kriminalfilm
Vorwort, Nachwort, Übersetzung: Dr. Georg Pagitz

Dr. Mark Fenton behandelt im Londoner St. Matthews' Krankenhaus einen Mann namens Charles Constance. Er wurde bei einem Autounfall schwer verletzt, der Lenker beging Fahrerflucht. Constance liegt noch im Koma, als plötzlich eine gewisse Miss Freeman bei Fenton auftaucht, die sich für den Gesundheitszustand des Opfers interessiert. Als Constance erwacht, behauptet er, diese Frau nicht zu kennen. Noch erstaunter ist er über das zerbrochene Hufeisen, das sich auf einem Blumengesteck befindet, das sie ihm mitgebracht hat. Als der Mann wenig später entlassen wird und nicht zur Kontrolluntersuchung erscheint, stellt Fenton einen Brief zu, den Constance bei ihm hinterlassen hat. Dabei entdeckt er in einem Appartement die Leiche von Mr. Constance. Auf dem Spiegel befindet sich ein gemaltes zerbrochenes Hufeisen.

Mit dem Drehbuch zu diesem Sechsteiler legte Francis Durbridge 1952 den Grundstein als erfolgreicher Fernsehkrimiautor. Es war die erste von insgesamt zwanzig mehrteiligen Serien für die BBC, elf davon wurden auch in Deutschland verfilmt. *Das zerbrochene Hufeisen* war nicht darunter und erlebt somit seine deutschsprachige Premiere.

Band 17   FRANCIS DURBRIDGE

Operation Diplomat
Drehbuch für einen sechsteiligen Kriminalfilm
Vorwort, Nachwort, Übersetzung: Dr. Georg Pagitz

Der renommierte Arzt Dr. Mark Fenton wird von einer Unbekannten gebeten, einen Patienten zu behandeln. Fenton steigt in einen Krankenwagen ein und stellt fest, dass der Wagen leer ist. Ein weiterer Mann mit Pistole sitzt darin und erklärt, es handle sich um eine wichtige Operation. Die Reise, die Fenton in dem verdunkelten Wagen absolviert, dauert mehrere Stunden. Er wird in eine mysteriöse Villa gebracht wird. Dort ist in einem Raum ein Operationssaal aufgebaut worden und ein Deutscher namens Schröder erklärt, dass ein kranker Mann dringend operiert werden müsse. Es handelt sich dabei um den bekannten Diplomaten Sir Oliver Peters, der seit einiger Zeit spurlos verschwunden ist. Der Patient spricht im Fieber von einem »Goldenen Tal«. Assistiert wird Fenton von einer bildhübschen Krankenschwester. Nach der erfolgreichen Operation verliert er das Bewusstsein.

Operation Diplomat hat Durbridges ersten TV-Serienhelden zum Protagonisten, den Mediziner Dr. Mark Fenton, der bereits in *Das zerbrochene Hufeisen* ermittelte. Das Drehbuch entstand 1952 für einen Sechsteiler der BBC, der wie alle anderen Krimis von Francis Durbridge zum Straßenfeger avancierte.

Band 18   FRANCIS DURBRIDGE

Die Teckman-Biographie
Drehbuch für einen sechsteiligen Kriminalfilm
Vorwort, Nachwort, Übersetzung: Dr. Georg Pagitz

Philip Chance, ein junger Schriftsteller erhält einen interessanten Auftrag: Er soll eine Story über Martin Teckman schreiben. Dieser junge Testpilot ist angeblich bei der Erprobung eines neuen Flugzeugmodells verunglückt. Bei seinen Nachforschungen lernt Philip die Schwester Teckmans kennen, die junge und besonders attraktive Helen. Von da an ereignen sich seltsame

Dinge, die darauf schließen lassen, dass sich irgendjemand von Teckmans Nachforschungen enorm gestört fühlt. Nicht nur, dass Gangster in seine Wohnung einbrechen, wenig später wird dort auch ein Mann ermordet aufgefunden. Es handelt sich dabei um den Konstrukteur des Versuchsflugzeugs, Mr. Garvin. Wenig später kommt es zu einem weiteren Mord: Ein Informant, der wichtige Informationen beschaffen wollte, wird ebenso von dem großen Unbekannten beseitigt ...

Die Teckman-Biographie erscheint erstmals auf Deutsch und ist die Übersetzung des gleichnamigen Drehbuchs von Francis Durbridge zu dessen dritten Fernsehmehrteiler. Neben einem interessanten Vor- und Nachwort, in dem auch auf den Kinofilm eingegangen wird, enthält das Buch außerdem ein exklusives Interview mit Alvin Rakoff, der den Mehrteiler 1953/54 im Alter von nur 26 Jahren inszenierte.

Band 19   FRANCIS DURBRIDGE
Paul Temple und der Fall Z.4
Skript für ein sechsteiliges Hörspiel
Vorwort, Nachwort, Übersetzung: Dr. Georg Pagitz

Paul Temple schreibt für die bekannte Schriftstellerin Iris Archer ein Theaterstück. Wenige Tage vor der Aufführung des Stücks tritt Iris von der Rolle zurück. Als sich Paul und Steve nach Schottland begeben, um dort Urlaub zu machen, sind beide überrascht, dort auch Iris anzutreffen. Hat ihr plötzliches Auftauchen etwas mit dem geheimnisvollen Brief zu tun, den ein aufgeregter junger Mann Paul Temple übergeben hat, mit der ausdrücklichen Anweisung, ihn John Richmond zu übergeben? Was hat der rätselhafte Dr. Steiner mit den Ereignissen zu tun? Und wer verbirgt sich hinter dem Codenamen Z.4? Auch im Urlaub ist Temple auf der Spur einer geheimnisvollen Spionageorganisation, die vor Mord nicht zurückschreckt.

News of Paul Temple, so der Originaltitel dieses Hörspiels, wurde 1939 ausgestrahlt. Das Manuskript dazu galt lange als verschollen, kann nun jedoch erstmals mit vielen Hintergrundinformationen auf Deutsch veröffentlicht werden.

Band 20 FRANCIS DURBRIDGE

Paul Temple und der Fall Sullivan
Skript für ein achtteiliges Hörspiel

Vorwort, Nachwort, Übersetzung: Dr. Georg Pagitz

Joyce Raymond wendet sich mit einer Bitte an Paul Temple, der gerade nach Kairo reisen will. Er möchte doch einem Mann namens Richard Sullivan, der dort bei einer Ölgesellschaft arbeitet, seine Brille mitzunehmen, die er bei ihr vergessen hat. Temple will der jungen hübschen Dame diesen Gefallen gerne tun und akzeptiert. In Plymouth, wo die Temples am nächsten Tag übernachten, erfährt der Kriminalschriftsteller schließlich, dass Miss Raymond ermordet wurde. Nicht genug damit, auch im Nebenzimmer der Temples findet sich eine Leiche. Von da an bemühen sich alle Personen, die den Temples auf der Reise nach Kairo über Süditalien begegnen um die mysteriöse Brille, an der allerdings von der Polizei nichts Seltsames festgestellt werden kann …

Dieses spannende Originalmanuskript erscheint erstmals auf Deutsch und stammt aus dem Jahr 1947. Die BBC-Aufnahmen aus den Jahren 1947/48 existieren nicht mehr, weshalb der britische Sender 2006 ein Remake produzierte. *Paul Temple und der Fall Sullivan* führt die Temple-Fangemeinde weit weg von der Themse: Durbridge beweist, dass seine Storys auch in Süditalien und Ägypten bestens funktionieren.

+ +
IN VORBEREITUNG
+ +

Bei Williams & Whiting sind im englischen Original auch folgende Werke von Francis Durbridge erschienen:

1   *The Scarf* (Drehbuch für den Mehrteiler)
2   *Paul Temple and the Curzon* Case (Manuskript für die Radioserie)
3   *La Boutique* (Manuskript für die Radioserie)
4   *The Broken Horseshoe* (Drehbuch für den Mehrteiler)
5   *Three Plays for Radio Volume 1* (Originalmanuskripte)
6   *Send for Paul Temple* (Manuskript für die Radioserie)
7   *A Time of Day* (Drehbuch für den Mehrteiler)
8   *Death Comes to The Hibiscus* (Theaterstück)
    The Essential Heart (Manuskript für ein Hörspiel)
9   *Send for Paul Temple* (Theaterstück)
10 *The Teckman Biography* (Drehbuch für den Mehrteiler)
11 *Paul Temple and Steve* (Manuskript für die Radioserie)
12 *Twenty Minutes From Rome* (Drehbuch für ein Fernsehspiel)
13 *Portrait of Alison* (Drehbuch für den Mehrteiler)
14 *Paul Temple: Two Plays for Radio Volume 1* (Hörspielmanuskripte)
15 *Three Plays for Radio Volume 2* (Hörspielmanuskripte)
16 *The Other Man* (Drehbuch für den Mehrteiler)
17 *Paul Temple and the Spencer Affair* (Manuskript für die Radioserie)
18 *Step In The Dark* (Filmdrehbuch)
19 *My Friend Charles* (Drehbuch für den Mehrteiler)
20 *A Case For Paul Temple* (Manuskript für die Radioserie)
21 *Murder In The Media* (Fortsetzungsromane und Kurzgeschichten)
22 *The Desperate People* (Drehbuch für den Mehrteiler)
23 *Paul Temple: Two Plays for Television* (Zwei Fernsehepisoden)
24 *And Anthony Sherwood Laughed* (Manuskript für die Radioserie)
25 *The World of Tim Frazer* (Drehbuch für den Mehrteiler)
26 *Paul Temple Intervenes* (Manuskript für die Radioserie)
27 *Passport To Danger!* (Manuskript für die Radioserie)
28 *Bat Out of Hell* (Drehbuch für den Mehrteiler)
29 *Send For Paul Temple Again* (Manuskript für die Radioserie)
30 *Mr Hartington Died Tomorrow* (Manuskript für die Radioserie)
31 *A Man Called Harry Brent* (Drehbuch für den Mehrteiler)
32 *Paul Temple and the Gregory Affair* (Manuskript für die Radioserie)
33 *The Female of the Species* (*The Girl at the Hibiscus* & *Introducing Gail Carlton*) (Manuskripte für die Radioserien)
34 *The Doll* (Drehbuch für den Mehrteiler)
35 *Paul Temple and the Sullivan Mystery* (Manuskript für die Radioserie)
36 *Five Minute Mysteries* (*Michael Starr Investigates* & *The Memoirs of Andre d'Arnell*) (Manuskripte für die Radioserien)

Die Serie wird fortgesetzt …

ohne Nummer:

zudem:

www.williamsandwhiting.com